www.rsk-krimi.de

Mord in Niederkassel

© Kersten Wächtler

AF237576

1

Rhein-Sieg-Kreis Krimi

Mord in Niederkassel

Der zwölfte Fall der Kommissarin Thekla Sommer

© **Kersten Wächtler**

www.rsk-krimi.de

Bibliografische Information der Deutschen Nationalbibliothek:

Die Deutsche Nationalbibliothek verzeichnet diese Publikation in der Deutschen Nationalbibliografie; detaillierte Daten sind im Internet über

http://dnb.dnb.de

abrufbar

1.Auflage

Erschienen 12/2020

Copyright © 2020 Kersten Wächtler

Coverbild: Pixabay, Fotografin Victoria Borodinova

Herstellung und Verlag: BoD – Books on Demand, Norderstedt

ISBN: 9783752687880

Alle Personen und Tathergänge sind frei erfunden.

Ähnlichkeiten mit lebenden oder toten Personen sind rein zufällig

Der gelb-grüne Wellensittich fiel von der Stange seines Vogelkäfigs und flatterte so heftig, dass die kleinen Federn, die auf dem Boden des Käfigs lagen, aufgewirbelt wurden und sich auf dem Fußboden des Wohnzimmers verteilten. Er hatte sich sehr erschrocken, als plötzlich, in der Stille des Morgens ein schriller und lauter Schrei ertönte. Jacqueline Puroh hatte die grausamste Entdeckung ihres Lebens gemacht. Auf dem Sofa des Wohnzimmers, in der Wohnung in der sie zwei Mal pro Woche für Sauberkeit sorgte, lag Sonja Aller in gekrümmter Haltung. Auf dem Tisch vor ihr, stand ein Glas Rotwein neben einer Gebäckschale mit Blätterteiggebäck. Im rechten Arm der jungen Frau steckte in Höhe der Armbeuge eine Spritze, deren Inhalt komplett injiziert zu sein schien. Einem inneren Antrieb folgend, stürzte die Reinigungskraft in Richtung der Toten, hielt jedoch kurz vor dem Sofa an, drehte sich um und ging zurück zur Wohnzimmertüre. Sie hatte in zahlreichen Fernsehkrimis des Öfteren gesehen, dass die Ermittler immer wieder bemängelten, verwischte

7

Spuren durch Schaulustige vorgefunden zu haben. Diesen Fehler wollte sie nicht begehen. Sie wählte die Nummer des Notrufes. Als die beiden langjährigen und erfahrenen Beamten der Niederkasseler Polizeiwache vor dem Haus eintrafen, stand Jacqueline Puroh in der geöffneten Haustüre. Im Wohnzimmer erkannten die Polizisten schnell, dass es sich nicht um eine typische Junkietote handelte, da weder der Arm abgebunden war, noch das übliche "Fixerbesteck" zu sehen war. Lediglich ein Löffel lag auf dem Tisch, in dem offensichtlich etwas erhitzt wurde. Außerdem saß die Tote in einem eleganten, mit viel Spitze versehenem Kleid eines Nobeldesigners auf dem Sofa, was den Verdacht der Männer erhärtete. Die Kollegen der Kriminalpolizei Siegburg wurden verständigt und die Wohnung zwischenzeitlich nach Aufbruchspuren an Fenster und Türen überprüft. Alles andere wollten die Streifenpolizisten den Kollegen der Kripo und der KTU überlassen.

*

Seit über dreißig Minuten lief sie nun bereits durch den Wald, der zwischen ihrem Wohnort Siegburg-Stallberg und Lohmar von der Autobahn A3 getrennt wurde. Thekla Sommer, Kommissarin der Mordkommission Siegburg und Leiterin der Dienstgruppe II, absolvierte fast täglich einen knapp einstündigen Waldlauf, um sich stets fit zu halten. Seit kurzem gehörte sie zu einem Kreis von zweiunddreißig Personen einer Sondereinheit des BKA. Diese wurden nach einem sehr langen Auswahlverfahren aus dem gesamten Bundesgebiet eingestellt. Zwei qualifizierte Beamte wurden aus jedem Bundesland zu dieser Einheit berufen. Sie wurden von den jeweiligen LKAs zu heiklen Einsätzen, „Undercover" angefordert, vom BKA finanziert jedoch unter der Federführung des LKA. In diesem Rahmen würde in den kommenden Wochen, ein mehrwöchiges Spezialtraining bei der GSG9 in Sankt Augustin Hangelar, absolviert werden müssen. Thekla trainierte schon seit mehreren Monaten daraufhin ihre Fitness und sie trainierte zusätzlich in einem Kick-Box-Club.

»Ob Robert mittlerweile aufgestanden ist?«, dachte sie, als sie auf die lange Gerade des Feldwegs einbog, die bald in einem Linksknick endete, der zu ihrem gemieteten Haus führte. Robert Hanf, Theklas Lebensgefährte und auch Mitglied der Dienstgruppe II, hatte sich am Vorabend mit "seinen Jungs" aus alten Zeiten getroffen, um mit ihnen einen "gemütlichen Grillabend" zu verbringen. Es wurden mehrere Kästen Warsteiner Pils und Reissdorf Kölsch konsumiert. Hätte Thekla gewusst, dass bei der in einer Waldhütte stattfindenden Sause auch ein Strip-Girl engagiert wurde, das von dem zusammengesammelten Geld, der zehn Freunde, im Vorfeld bei einer Agentur bezahlt wurde, hätte sie wahrscheinlich einen Grund gefunden, Robert zu Hause zu halten. So jedoch heizte die Stripperin die Jungs mächtig ein und als der Slip als letztes den grazilen Körper verließ, drehte die junge Frau noch ein paar Mal einige Pirouetten. Dabei klatschte einer der

Angetrunkenen, der Frau auf den Hintern, was sie mit einer kräftigen Ohrfeige und den Worten »Don't touch the body« quittierte. In dem zweihundert Euro Honorar war eine Berührung ihres Körpers ausdrücklich nicht eingeschlossen. Als Robert dann in der Nacht nach Hause kam und unter die Bettdecke kroch, wunderte sie sich, wieso er mit seinen Händen ihren Körper und ihren straffen Busen so intensiv streichelte. Dass der vorherige Striptease ihn erregt hatte, konnte sie nicht ahnen. Zu Intimitäten kam es jedenfalls nicht, nachdem sie ihm mit den Worten »Du stinkst nach Bier« einen Stupser verpasst hatte und er sich beleidigt umdrehte.

»Ist der Kaffee schon fertig? « rief Thekla auf halber Treppe, als sie die Haustüre aufgeschlossen hatte, in den Flur. Sie lief dabei ins Badezimmer, das sich in der ersten Etage befand.

»Mach schnell«, rief Robert ihr hinterher, der in der Küche im Stehen seinen Kaffee trank und Thekla auch schon einen eingegossen hatte. »Wir müssen gleich los.

Bollenkamp hat angerufen. Wir haben einen neuen Fall in Niederkassel, - ein angeblich vorgetäuschter "Goldener Schuss". Die Kollegen der Niederkasseler Polizeistation waren wegen der vorgefundenen Begleitumstände, skeptisch geworden. Die KTU ist bereits auf dem Weg.

Acht Minuten später stand Thekla, frisch geduscht und in sauberer Bluse und Jeans neben Robert und trank den, inzwischen nur noch lauwarmen, Kaffee.

»Na, - dann mal los«, meinte Thekla, als sie die Tasse in die Spülmaschine stellte und ihrem Schatz, den in seiner engen Jeans sehr knackig wirkenden Po, tätschelte.

*

Peter Ludwig und Lisa Drollig, die ebenfalls zu Theklas Team gehörten, waren schon in der Thelengasse, einer schicken Wohngegend in Niederkassel-Mondorf, angekommen. Ebenso war die KTU in ihren weißen Einwegoveralls bereits dabei, Spuren zu sichern. Als der anwesende Polizeiarzt, Thekla und Robert, die gerade vorgefahren waren und ins Haus kamen, sah, unterbrach er seine Arbeit an der Leiche und ging zu ihnen.

»Auf den ersten Blick, eine Überdosis Heroin oder Crack, was mich allerdings wundert, es fehlt das übliche Fixerbesteck und der Riemen zum Abbinden des Arms. Ebenso wundert mich, dass die Kollegen dort hinten auf dem kleinen Beistelltisch, Reste von Kokain gefunden haben. Wer kokst, injiziert sich normalerweise nichts«

Thekla nickte und meinte: »Bitte nach der Obduktion den Bericht vorab über mein Telefon. Kannst Du mir was zur Identität sagen? «

»Hier, den Ausweis haben wir in ihrer Handtasche gefunden. Sonja Aller, sechsundzwanzig Jahre, wohnt hier seit drei Jahren und arbeitet hier möglicherweise als Prostituierte. Dort drüben das Zimmer«, der Beamte der Spusi zeigte auf eine leicht geöffnete Türe, »sieht jedenfalls ganz danach aus. Alles in gedecktem Rot gehalten und verschiedenstes Liebesspielzeug und Folterinstrumente in den Schränken«.

»Danke«, meinte Thekla, »wer hat sie gefunden? «

»Jacqueline Puroh, die Reinigungskraft, sie sitzt dort drüben im Sessel. Ich musste ihr eine Beruhigungsspritze geben, scheint aber jetzt langsam vernehmungsfähig zu sein«.

»Danke Kollege«. Thekla wandte sich ab und ging zu der Frau, während Robert und Lisa sich das eben benannte "Arbeitszimmer" der Toten genauer ansahen. Peter Ludwig indes hatte damit begonnen, die anderen Mieter des Hauses zu befragen, ob ihnen am heutigen Morgen etwas merkwürdig vorgekommen sei.

»Guten Tag, mein Name ist Thekla Sommer von der Mordkommission Siegburg. Sie haben Frau Aller gefunden?« fragte Thekla, die zu der Reinigungskraft gegangen war.

Frau Puroh nickte, »Ja, ich habe sie gefunden. Ich komme dreimal pro Woche hierhin, um sauber zu machen. Hier ist mein Haustürschlüssel«, sie hielt ihren privaten

Schlüsselbund hoch, an dem ein extra gekennzeichneter Schlüssel hing, »ich klingle immer an der Türe, wenn keiner aufmacht, benutze ich ihn. So war das ausgemacht«.

»Und heute Morgen hat keiner aufgemacht? «, fragte Thekla nach.

»Nein, - deswegen bin ich ja alleine reingekommen. Das kommt öfter vor. Frau Aller ist«, sie überlegte kurz und sagte dann, »Frau Aller war Fotomodell und öfter in anderen Städten unterwegs zu Shootings«.

»Fotomodell? « fragte Thekla, »und der Raum dort drüben? War das ihr Schlafzimmer? «

Die Reinigungsdame schaute Thekla tief in die Augen und meinte, als sei es das Natürlichste von der Welt, »Sie hat sich manchmal etwas dazuverdient, wenn es mit dem Modeln mal nicht so klappte. Das ist doch nichts Verwerfliches. Sie hat mir mal erzählt, es seien manchmal die Kunden, die sie als Fotomodell für Kataloge und

Werbeaufnahmen buchten, die dann auch hierhin kämen, um sich von ihr verwöhnen zu lassen. Manchmal, so sagte sie, würden die Kunden für Sex mehr zahlen, als für die Fotoaufnahmen«.

Thekla schüttelte leicht ihren Kopf und dachte: »Was für eine verrückte Welt«, dann fragte sie: »Wissen Sie, ob Frau Aller Angehörige hat und wen wir verständigen können? «.

»Soweit mir bekannt ist, lebt nur noch der Vater. Die Mutter ist bei einem Unfall ums Leben gekommen«.

»Haben Sie vielleicht eine Adresse für uns, wo wir ihn erreichen können? «

Jacqueline Puroh schüttelte den Kopf, »Frau Aller erwähnte mal, er sei im Knast«.

»Im Knast? « fragte sie erstaunt. »Wo? «

»Das kann ich Ihnen wirklich nicht sagen. Es schien Frau Aller peinlich zu sein, weshalb ich auch nicht weiter gefragt hatte«.

»Okay, - Danke. Geben Sie mir bitte noch Ihre Wohnanschrift, - falls wir Sie nochmal befragen müssen«.

Thekla notierte sich in ihrem Notizblock die Anschrift und entließ dann die Zeugin. Als sie sich nun im Wohnzimmer genauer umsah, bemerkte sie eine wohl sehr teure Einrichtung. Alleine das große weiße Ledersofa, auf dem die Tote gekrümmt lag, hatte wahrscheinlich mehrere tausend Euro gekostet.

»Das musst Du Dir mal ansehen«, mit diesen Worten kam Robert zu Thekla und zog sie am Arm in Richtung des Zimmers, in dem die Tote wohl "angeschafft" hatte.

Thekla schaute sich den Raum an, sah aber ausser der roten Beleuchtung, dem breiten Wasserbett, auf dem ein Handtuch ausgebreitet lag und einem breiten Bild, auf dem die Tote nackt, mit dem Rücken zum Fotografen und offensichtlich am Strand, mit einem Fischernetz umspielt lag, nichts Außergewöhnliches.

»Was soll ich mir ansehen? « fragte Thekla.

Robert beugte sich an Theklas Ohr und flüsterte, da Lisa immer noch mit im Zimmer anwesend war, »so ein Wasserbett wäre doch auch etwas für uns. Was meinst Du welch schöne Stunden wir darin verbringen würden?«. Robert grinste breit wie ein Honigkuchenpferd, als er Thekla ansah.

Diese schaute ihn nur an, zeigte ihm einen Vogel und ging wortlos an ihm vorbei, wieder ins Wohnzimmer. Robert schaute sich noch einmal die nackte Schönheit mit ihren langen schwarzen Haaren auf dem Bild an. »Leider nur von hinten«, dachte er, als er sich umdrehte und zu Lisa sagte: »Wäre die nicht auch etwas für Dich?«. Er wusste aus der Vergangenheit, dass seine junge Kollegin bisexuell veranlagt war und neckte sie öfters damit. Dies tat er aber meistens nur dann, wenn er Thekla außer Hörweite glaubte. Sie mochte es nicht, wenn ihre Kollegin wegen ihrer sexuellen Gesinnung, verunglimpft wurde.

*

Nachdem Theklas Team alle im Haus befindlichen Nachbarn des Mehrfamilienhauses befragt hatte und die Spurensicherung mit dem Sichern der reichlichen Fingerabdrücke und Faserspuren rund um den Tatort und der Möbel, fertig waren, versiegelte man die Wohnungstüre. Thekla wollte nun, bevor man sich im Siegburger Präsidium traf, um die genaue Vorgehensweise zu erörtern und die Aufgaben an die einzelnen Gruppenmitglieder zu verteilen, mit Robert noch einmal die Reinigungskraft zu näheren Gewohnheiten der Toten befragen. Da die Frau jedoch etwa dreißig Minuten zuvor vom Tatort nach Hause geschickt wurde, entschloss sich Thekla dazu, bei der Frau zu Hause vorbeizufahren. Robert schaute auf seinen Notizzettel und las, als die Beiden im Auto saßen:

»Porzer Straße in Ranzel«

Dies tippte er in das Navi, das Thekla in ihrem hellgrünen Twingo, den sie so sehr liebte und immer auch die Dienstfahrten damit erledigte, ein.

»Schau mal«, meinte Robert, als nach kurzer Zeit die Route berechnet war, »das ist gar nicht so weit von hier«

Knappe acht Minuten später waren sie bereits am Ziel angelangt, nachdem sie die L269, die Niederkasseler Ortsumgehung, verlassen hatten, am Kreisel in die L82 abbogen und am nächsten Kreisel in die Porzer Straße gefahren waren. Frau Puroh schien noch nicht zu Hause zu sein. Vielleicht hatte sie einen Bus, der in ihre Richtung fuhr, verpasst oder war noch etwas einkaufen gegangen?

Robert meinte die Situation nutzen zu wollen und äußerte ein wenig Hunger, da es nun bereits früher Nachmittag war. Man könnte doch irgendwo in einem Café ein schnelles Omelett oder einen "strammen Max" essen gehen und anschließend noch einmal bei Frau Puroh klingeln.

Thekla schmunzelte. »Klar, genau das werden wir jetzt auch tun«, meinte sie, da sie Roberts steten Hunger kannte. »Aber nur in einem Café und nur auf die Schnelle«, meinte sie, »es wird jetzt kein Restaurant gesucht, wo wir dann aufs Essen warten müssen. Wir haben schließlich einen neuen Fall und Du weißt, "bei Mord sind die ersten achtundvierzig Stunden meistens die wichtigsten"«.

Robert nickte eifrig. Er hätte jetzt zu allem genickt, Hauptsache er bekäme recht bald etwas zwischen die Zähne. Thekla lenkte den Wagen in die nächste Straße nach links, in der Hoffnung, in der Nebenstraße, der "Gierslinger Straße", ein Café zu entdecken.

»Ach«, meinte Robert, »halt an. Jetzt warst Du zu schnell. Da war eine Patisserie, dort hole ich uns schnell ein paar leckere Süßigkeiten. Dort kann man bestimmt auch eine Kleinigkeit essen und Kaffee gibt's bestimmt auch«.

Thekla bremste abrupt den Wagen. »Dann steig schon mal aus und geh rein. Ich suche einen Parkplatz und komme nach«, meinte sie, da sie ihrem "Leckermäulchen" nicht die Freude an der reichhaltigen Auswahl einer Patisserie verwehren wollte.

21

Um die nächste Ecke war ein Parkplatz in einer Parktasche frei. Thekla legte die Parkscheibe auf das Armaturenbrett und ging zu der Stelle, an der sie Robert herausgelassen hatte. Sie schaute sich um und musste herzhaft lachen. Robert hatte "Patisserie" gelesen, aber es handelte sich um eine " Papeterie", einem Geschäft für Schreib- und Papierwaren. Hier in diesem Geschäft bekam Thekla allerdings noch einiges andere zu sehen. Robert stand bereits in dem geräumigen Geschäft und bestaunte all die hübschen Sachen, welche die Inhaberin, dort anbot. Angefangen von niedlichen Stofftieren über besondere Geschenkartikel, Wein sowie Süßigkeiten, gab es an der Kasse auch einen Tisch, auf dem nur Kriminalromane lagen. Thekla schaute zu Robert, der sich gerade die besondere Auswahl an Kugelschreibern ansah, und meinte: »Du liest doch gerne Krimis, - schau mal hier, eine große Auswahl von regionalen Krimis aus dem Rhein-Sieg-Kreis. Kennst Du die schon? «

Robert drehte sich um und fragte:»von Kersten Wächtler?«

»Ja«, antwortete Thekla, die gerade ein Buch mit dem Titel "Mord in Niederkassel" in den Händen hielt,»hier liegen zwölf Bände von dem Autor. Muss ja schon bekannt sein?«

Robert nickte als er näherkam.»Ich habe von ihm "Mord in Siegburg" und Mord in Eitorf" gelesen. Schreibt sehr authentisch mit viel Lokalkolorit und auch zum Schmunzeln.

Thekla legte das Buch wieder zurück auf den Bücherstapel.»Willst Du das haben?« fragte sie, Robert anschauend.

»Später bestimmt«, antwortete er lächelnd,»lass uns jetzt aber erst unseren Fall lösen. Man könnte auf die Idee kommen, dass wir Lösungsansätze aus dem Buch heraus abschauen.

Die Inhaberin, die gerade ihre Kundin zu ende bedient hatte, kam auf die beiden Kommissare zu. »Schöne Bücher, vor denen Sie gerade stehen. Ich kenne den Autor persönlich und er hält hier demnächst eine Signierstunde ab. Wir alle freuen uns bereits sehr darauf. Sie hatten gerade das neueste Werk von ihm in Händen. Möchten Sie eins kaufen? «

Robert winkte freundlich ab. »Ich habe bereits drei Bücher von der Reihe gelesen. Es werden sicherlich noch ein paar hinzukommen, - aber im Moment nicht, vielen Dank. Können Sie uns vielleicht sagen, wo hier in der Nähe ein kleines Café ist, wo man eine Kleinigkeit zu Essen bekommt? «

Die Inhaberin erklärte den Weg zu einem in der Nähe befindlichen Café. Als Thekla und Robert das Geschäft verlassen hatten, schaute sie den Beiden noch nach und hatte das Gefühl, das diese Beiden auch gut die Kommissare aus den Büchern von "Kersten Wächtler" hätten sein können.

*

Nachdem Thekla ihre zweite Tasse Kaffee getrunken und Robert seinen "Halven Hahn", mit ordentlich Zwiebeln, gegessen hatte, hatten die Beiden das Café verlassen und fuhren zu Frau Puroh. Wie Thekla vermutet hatte, war sie noch Einkaufen gewesen. Leider konnte sie nicht die erhofften Hinweise auf weitere Verwandte oder sogar engere Beziehungen von der toten Frau geben, bei der sie als Reinigungskraft gearbeitet hatte. Den Wohnungsschlüssel hatte sie den Kommissaren ausgehändigt, da die Wohnung sicherlich noch einige Zeit beschlagnahmt sein würde und sie danach sowieso nicht mehr dort arbeiten würde. Thekla verabschiedete sich mit den Worten: »Vielen Dank für Ihre Telefonnummer. Wenn wir weitere Fragen haben, werden wir uns bestimmt noch einmal an Sie wenden«.

»Irgendwie schon eine merkwürdige Frau«, meinte Robert, als sie wieder im Auto saßen und zurück ins

Siegburger Polizeipräsidium fuhren, »am Tatort war sie noch sehr unter Schock stehend und jetzt bei der Befragung meinte sie, sie würde es als ganz normal ansehen, wenn sich eine Frau hin und wieder anderen Männern gegen Geld anbieten würde«.

»Was mich auch wunderte«, meinte Thekla, »dass sie sagte, sie würde noch bei anderen Frauen den Haushalt sauber halten, die ebenfalls als Model und "Begleitdamen" arbeiten würden«.

»Ich habe so ein Gefühl, als sei das kein Zufall. Vielleicht sollten wir die Dame mal durch unsere Datenbanken laufen lassen. Nicht dass da noch organisierte Zuhälterei dahintersteckt und Frau Puroh, so etwas wie eine "Aufpasserin" spielt? « meinte Robert.

*

Bei der Fallbesprechung im Polizeipräsidium, die Thekla zum abendlichen Ritual gemacht hatte, fanden sich alle Mitglieder der Dienstgruppe II im Besprechungsraum ein. Thekla erfuhr, dass Sybille Salz, die "gute Seele" des Innendienstes, die sich vor einigen Monaten aus gesundheitlichen- und Altersgründen in den Innendienst versetzen ließ, bereits recherchiert hatte, dass der Vater von der toten Sonja Aller nicht in einem Gefängnis, sondern in einer forensischen Klinik im Raum Andernach, untergebracht sei. Tobias Aller habe drei hinterhältige Morde an Drogendealer begangen, mit der Begründung, er hätte "von oben" den Auftrag erhalten, die Welt von diesen Menschen zum Wohle der Weltbevölkerung, zu befreien.

»Und das ist gutachterlich belegt?« fragte Thekla.

Sybille nickte, »Deshalb ist vom Richter eine lebenslange Unterbringung in der psychiatrischen Einrichtung angeordnet worden«.

»Dennoch sind wir dazu verpflichtet, den Mann als Vater von Frau Aller über den Tod seiner Tochter zu benachrichtigen. Sybille, kannst Du bitte morgen früh die Anstaltsleitung darüber informieren? Die können dann die Nachricht überbringen«, meinte Thekla.

Sybille nickte, nachdem sie sich Notizen auf dem vor ihr liegenden Block gemacht hatte.

Thekla schaute in den Bericht der Spurensicherung, der vor ihr lag. »Rückstände in der Spritze, sowie kristallisierte Spuren auf dem Löffel, der auf dem Wohnzimmertisch gefunden wurde, zeigen eindeutig, dass es sich um Methamphetamin, besser bekannt unter dem Namen "Crystal Meth" handelt. Es waren auf dem Tisch, dem Löffel und der Spritze, Fingerabdrücke gefunden worden, die nicht von der Toten stammen. Weiterhin sind auf dem Kleid und dem Sofa Faserspuren gefunden worden, die von einer Flanellhose stammen könnten. Die Faserstruktur deutet auf ein stark beanspruchtes Kleidungsstück hin. In den gesichteten Unterlagen sind Hinweise von größeren Geldbeträgen zu erkennen, die in den letzten acht Monaten als Bareinzahlungen auf einem Sparkonto getätigt wurden.

Thekla nahm den Obduktionsbefund zur Hand: »Todesursächlich war tatsächlich eine Überdosis dieses

Chrystal Meth. Bei der Leichenschau waren allerdings merkwürdige starke Quetschungen in vorderer Höhe beider Hüftknochen festzustellen. Diese könnten davon herrühren, dass jemand die Frau, die auf dem Rücken lag, mit beiden Knien und vollem Gewicht fixiert hatte. Dafür spricht auch, dass beide Handgelenke eindeutige Spuren aufweisen, als seien die Hände gewaltsam zusammengepresst worden. Unter dem Fingernagel des kleinen Fingers der rechten Hand wurden Hautpartikel mit fremder DNA sichergestellt. Die Einstichstelle der Injektion weist, mit bloßem Auge nicht erkennbare Ausfransungen auf, was darauf hindeutet, dass die Spritze gewaltsam verabreicht wurde«,

Thekla ließ eine Aufnahme der Toten rumgehen, auf der die Frau rücklings auf dem Obduktionstisch lag. Es zeigte die riesigen blauen Flecken in Höhe der Beckenknochen. Robert musste bei dem Anblick der nackten Frau an die Stripperin denken, die er am gestrigen Tag mit seinen Jungs angesehen hatte. Die Frau auf dem Obduktionstisch hatte eine gewisse Ähnlichkeit, außer dass diese hier schwarzhaarig war und etwas größer. Die Figur und die Größe der Oberweite waren allerdings ähnlich.

»Was hat die Befragung der Hausbewohner gebracht? « fragte Thekla in Richtung von Robert und Lisa.

»Die Frau war im Haus als sehr fröhlich und aufgeschlossen bekannt«, antwortete Peter Ludwig, »allerdings hatte niemand näheren Kontakt zu ihr. In dem Haus scheinen sowieso alle eher ein extrovertiertes Leben zu führen. Alle haben einen gehobenen Job mit teilweise Führungsverantwortung. Da kümmert sich keiner um den nächsten Nachbarn, sondern eher nur um sein Geld und seine Außenwirkung«.

»Na dann ist mir so ein Haufen wie wir es hier sind lieber. Nicht soviel Geld auf dem Konto aber immer an dem anderen interessiert und daran, wer die nächsten Currywürste bezahlt. Apropos Currywürste«, meinte Robert zu Thekla, die direkt neben ihm saß, »fahren wir gleich noch bei Fritten Paul in Kaldauen vorbei? Ich hätte mal wieder mächtig Appetit auf die tolle Wurst und die selbstgemachte Soße«.

Thekla schaute Robert böse an. »Wir sind hier an einem Mordfall und Du denkst mal wieder nur daran, wie Du genussvoll Deinen Hunger stillen kannst«.

Lisa Drollig, die den Beiden an dem ovalen Besprechungstisch gegenübersaß, winkte ab und meinte scherzhaft: »Ach lass mal Thekla, so kennen wir ihn doch«.

Nun schmunzelten alle und nickten, den Blick auf Robert gerichtet.

»Morgen früh werden wir die Einteilung übernehmen, wer welche Recherche übernimmt. Wir treffen uns hier wieder um neun Uhr. Einen schönen Abend Euch«, beendete Thekla die Besprechung.

Auf dem Weg zum Parkhaus meinte Robert: »Wie ist das jetzt? Fahren wir bei Paul in Kaldauen vorbei? «

Thekla schloß den hellgrünen Twingo, einige Meter vor Erreichen des Wagens mit der Funkfernbedienung, auf. »Du kannst da gleich gerne hinfahren. Bring mir bitte einen von den frisch zubereiteten Salaten mit. Diesmal einen "Caesar Salat", aber diesmal mit Thunfisch und Parmesan. Ich gehe in der Zeit schon mal mein Fitnessprogramm im Wald durchführen«.

Robert freute sich, denn so konnte er bereits eine Currywurst bei Paul genießen und eine dann mit nach Hause nehmen. Diese würde er mit einer kühlen Flasche Warsteiner Pils mit Thekla am Tisch genießen.

*

Der Morgen graute, als bei der DLRG Ortsgruppe Duisburg, der Alarm einging. Die Wasserschutzpolizei war von einem, unter belgischer Flagge fahrendem Containerschiff informiert worden, man hätte bei Rheinkilometer 779 in der Höhe des Chemieparks Krefeld-Uerdingen, eine leblose Person im Rhein treiben gesehen. Sowohl das Boot der Wasserschutzpolizei

Duisburg wie auch zwei Rettungsboote der DLRG waren einige Minuten später im eben gemeldeten Bereich und suchten die Wasseroberfläche mit großen Suchscheinwerfern ab. Es dauerte nicht lange und die erfahrenen Männer hatten, den in der Mitte des Rheins treibenden, leblosen Körper entdeckt. Nach der Bergung und Verbringung ans Ufer, konnte der dort wartende Notarzt nur noch den Tod des zwischen vierzig und fünfzigjährigen Mannes, feststellen. Bei der Durchsuchung der Kleidung, konnten die Polizeibeamten keine Identitätspapiere feststellen, lediglich ein halbvolles Päckchen Zigarettentabak befand sich in den Hosentaschen. Nun würde das übliche Prozedere auf die Polizeibeamten zukommen. Identitätsfeststellung mittels Fingerabdruckscan und Einstellung eines Leichenfotos in die entsprechende Datenbank.

*

David Sommer, Theklas Sohn war vor fast einem Jahr zu seinem Vater nach Siegburg-Kaldauen gezogen. Hier war er von dem, wie er meinte, "gluckenhaften" Verhalten seiner Mutter befreit. Hier in dem Haus, das sein Vater Bernd Lay gemietet hatte, als er sich von Thekla trennte, war im Obergeschoss ein Zimmer für David reserviert gewesen. Bernd hatte damals eine andere Frau kennengelernt, die einiges mehr an Oberweite zu bieten hatte, wie Thekla meinte. Sie hatte seinerzeit den Eindruck, das allein, sei der Trennungsgrund gewesen. Der Vorteil, den diese Frau hatte, war eine wunderschöne Tochter, die seit über einem halben Jahr, Davids Freundin war. Jana und er waren unsterblich ineinander verliebt und verbrachten sehr viele Nächte miteinander, da Bernd oft bei Janas Mutter war. An diesem Morgen war David durch Janas zärtliche Berührungen auf seinem Rücken, geweckt worden. Nachdem er sich umgedreht hatte, liebkoste Janas Zunge seine Lippen und drang fordernd in seinen Mund ein. Ihre linke Hand glitt über seine Brust hinunter.

»Wir müssen aufstehen und uns fertig machen. Die Ferien sind heute vorbei und die Schule hat wieder begonnen«, meinte David.

»Ja«, hauchte Jana ihm ins Ohr, »Du hast recht, - wir müssen uns fertig machen«.

*

Robert wollte sich noch schnell aus der Bäckerei, die sich in der Nähe des Polizeipräsidiums befand, ein Paar Rosinenbrötchen holen. Er hatte zwar das Frühstück mit Thekla genossen, zu dem es gekochte Eier mit Lachs und selbstgemachter Erdbeermarmelade gab, dennoch verspürte er, dem Tag vorrausschauend, Appetit auf Rosinenbrötchen, aus gerade dieser Bäckerei. Irgendwie waren diese hier aus besonderem Teig und immer genauso gebacken, wie er es liebte.

Thekla indes schloss gerade ihr Büro auf, als Sybille Salz ihr entgegeneilte. Sie hatte soeben die Anstaltsleitung der Forensischen Klinik, in der Tobias Aller einsaß, über das Ableben seiner Tochter informieren wollen, damit diese ihm die Nachricht überbringen konnte.

»Guten Morgen Thekla«, rief sie, als ob sie Thekla daran hindern wollte, in ihr Büro zu gehen. Thekla drehte sich seitlich zu Sybille und begrüßte sie »Hallo Sybille, wohin so eilig? «

»Ich wollte zu Dir, gerade wollte ich in der Forensischen Klinik Bescheid geben, als ich dort erfahren habe, dass der Vater von der Toten Sonja Allner gestern am späten Nachmittag, aus der Klinik geflohen ist«.

»Was? « rief Thekla, »weiß man Genaueres? «

»Er hatte kurz nach Mittag Besuch von seinem Anwalt. Kurz nachdem dieser den Haupteingang an der Pforte wieder verlassen hatte, wurde Alarm ausgelöst, da das Verschwinden des Herrn Allner aus dem geschlossenen Bereich, festgestellt wurde.«

»Hat man denn den Anwalt diesbezüglich schon vernommen? wollte Thekla wissen.

»Man wollte mir keine weiteren Auskünfte geben, da es sich um ein frisches, laufendes Verfahren handele, dessen Brisanz wegen des Ausbruchs noch nicht öffentlich gemacht wurde«.

Thekla schloss nun ihre Bürotür auf und setzte sich an den Schreibtisch. »Danke Sybille«, meinte sie, in Richtung der offenstehenden Türe schauend, »ich rufe da sofort an. Das könnte doch in Zusammenhang mit dem Mord an seiner Tochter stehen.«

Die anderen Mitglieder der Dienstgruppe II trafen nun nacheinander in ihren Büros ein und wollten anschließend in den Besprechungsraum zum Morgenmeeting. Sybille unterrichtete die Kollegen kurz über den Stand der Dinge und dass Thekla gerade mit den zuständigen Stellen telefonierte, um Genaueres herauszubekommen. Robert, der zwischenzeitlich auch mit einer Brötchentüte in der linken und einem angebissenen Rosinenbrötchen in der rechten Hand, angekommen war, meinte mit halbvollem Mund: »Dann lasst uns doch in der Zeit, hier im

Besprechungsraum, einen Kaffee zu uns nehmen«. Er legte die geöffnete Tüte mitten auf den Tisch und fügte hinzu: »hier sind frische Rosinenwecken, – bedient Euch«.

Sybille drehte sich mit den Worten um »das passt gut, ich habe gerade eine Kanne Kaffee im Büro« Sie holte die Kanne sowie einige Tassen.

Es dauerte etwa zwanzig Minuten bis Thekla den Raum betrat und sich zu den Kollegen an den Tisch setzte. Sie goss sich Kaffee ein und trank einen Schluck, danach begann sie:

»Also,- Herr Aller ist gestern Nachmittag, nach einem Besuch seines Anwalts, geflohen. Die ermittelnden Kollegen der Polizeidienststelle Andernach waren sofort bei seinem Anwalt, der ihn kurze Zeit vorher besucht hatte, um eventuelle Zusammenhänge aufzudecken. Der Anwalt tat sehr überrascht. Er hätte seinem ehemaligen Mandanten lediglich mitgeteilt, dass seine Tochter mit einer Spritze im Arm, tot aufgefunden worden sei. Dies hätte Herr Aller zunächst sehr gefasst aufgenommen, hätte aber anschließend einen Tobsuchtsanfall bekommen. Zwei sehr stabil wirkende Pfleger hätten ihn fixieren und eine Beruhigungsspritze geben müssen. Der Anwalt sei daraufhin wieder gegangen und hätte seinen erneuten Besuch für einige Tage später, angekündigt«.

»Woher wusste denn der Anwalt von dem Tod der Tochter seines Mandanten? « fragte Lisa Drollig.

»Genau das habe ich mich auch sofort gefragt. Es hieß, dazu wollte der Anwalt keine Angaben machen und berief sich auf seine Schweigepflicht«, meinte Thekla.

»Das ist aber sehr merkwürdig«, sagte Peter Ludwig, der sich gerade beim Kaffeetrinken sein, von seiner Frau am Morgen frisch gebügeltes Hemd, bekleckert hatte. »Wie kann sich ein Anwalt, dessen ehemaliger Mandant gerade aus dem Vollzug geflohen ist, auf seine in diesem Fall meines Erachtens nicht gerechtfertigte, Schweigepflicht berufen? «

»Darum sollte sich die zuständige Staatsanwaltschaft kümmern«, meinte Thekla, »ich glaube dafür ist Koblenz zuständig, da Andernach in Rheinland-Pfalz liegt. Wir haben hier erstmal genug mit der Aufklärung des Mordes zu tun«.

Das Telefon im Besprechungsraum klingelte.

»Robert Hanf«, nahm Robert das Gespräch entgegen, da er neben dem Festnetzgerät saß. Robert hörte gespannt zu. Dann übergab er den Hörer an Thekla.

»Bollenkamp«, sagte er, es gibt einen neuen Mord in Niederkassel, wohl von hinten mit einer Drahtschlinge ausgeführt«.

Thekla nahm den Hörer ans Ohr und sprach mit Alfred Bollenkamp, dem Leiter aller drei Dienstgruppen der Siegburger Mordkommission.

»Fred? Thekla hier, - was gibt es? «

»In Niederkassel-Mondorf ist ein Drogendealer gefunden worden, der auf offener Straße von hinten angegriffen wurde und mit einer Stahlschlinge erdrosselt wurde. Bei ihm wurden mehrere Päckchen Kokain, Heroin und Crystal Meth gefunden«, meinte Alfred Bollenkamp.

»Also ist nicht von Raubmord auszugehen? « fragte Thekla.

»Wie es aussieht nicht, - kannst Du den Fall mit übernehmen? Bei der gestrigen Toten war doch auch Rauschgift mit im Spiel«.

»Ja klar, wir fahren hin«. Thekla gab Robert den Hörer zurück, der ihn auf die Basisstation legte.

»Mord mit Drahtschlinge in Mondorf«, sagte Thekla in die Runde der Kollegen, als sie aufstand und sich bereits in Richtung der Tür begab.

»Mit einer Garotte? « fragte Lisa entsetzt.

Thekla blieb stehen und drehte sich zu Lisa um. Auch die anderen schauten Lisa erstaunt an.

»Woher kennst Du eine Garotte? « fragte Thekla.

»Ich lese gerade ein Buch über fremdländische Hinrichtungsinstrumente. Hier ist die Garotte ausreichend und detailgetreu beschrieben. Auch die alteingesessene Mafiaorganisation, Cosa Nostra in Sizilien, nutzte die Garotte häufig als Mordinstrument. Es ist eine mittelstarke Drahtschlinge, an der an beiden Enden ein Holzstück als Griff befestigt ist. Diese Griffe dienen dazu, die Drahtschlinge, nachdem sie um den Hals des Opfers gelegt wurde, an beiden Enden auseinanderzuziehen und somit das Opfer zu erdrosseln. So war ein lautloses Ersticken des Opfers unter Einschneiden des Drahtes in den Hals möglich«.

Thekla schaute Robert an und nickte ihm zu, mit den Worten: »Siehst Du, - lesen bildet«.

Dann verließen alle den Besprechungsraum.

*

Thekla hatte Mühe, dem Mercedes Dienstwagen mit ihrem Twingo, den Lisa und Peter gefahren hatten, zu

42

folgen. Erst auf der A59, der Flughafenautobahn, merkte Lisa in Höhe der festinstallierten Radaranlage zwischen dem Dreieck Sankt Augustin-West und dem Dreieck Bonn-Nordost, dass der Twingo nicht mehr im Rückspiegel sichtbar war. Sie verringerte das Tempo so stark, dass die hinter ihr fahrenden Autos mit der Lichthupe warnten.

»Hier ist Tempo Einhundert erlaubt und so schnell fahre ich«, meinte Lisa zu Peter, »es gibt aber immer noch so uneinsichtige Autofahrer, die hier rasen müssen«.

»Eigentlich sollten wir das Blaulicht aufs Dach stellen und die Idioten erschrecken«, meinte Peter scherzhaft.

Kurz bevor die Beiden die Ausfahrt Bonn-Beuel auf der A565 erreicht hatten, fuhr Thekla wieder direkt hinter dem Mercedes.

»Wie kann Lisa nur so schnell fahren, da war doch die ganze Zeit eine Geschwindigkeitsbegrenzung von

Einhundert? Die ist doch bestimmt Einhundertfünfzig gefahren«.

»Oder Du hast mal wieder in Siegburg auf der Bonner Straße getrödelt. Ja, - ich weiß es ja, - Dein Vater ist an dieser Straße geboren und Du wirst oft sentimental, wenn Du da fährst aber dennoch, deshalb muss man nicht unbedingt mit zwanzig Stundenkilometern daherfahren und auf das Geburtshaus schauen. So hat man zwangsläufig bei jeder Ampel "Rot"«. Robert schüttelte mit dem Kopf.

Hinter der Autobahnabfahrt überholte Thekla den Mercedes Dienstwagen und fuhr nun auf der L269 in Richtung Niederkassel. In Mondorf angekommen blinkte Thekla an der ersten Ampelkreuzung nach links und bog, als der Verkehr eine entsprechende Lücke zwischen zwei Autos bot, ziemlich schnell in die Provinzialstraße ab. Lisa indes musste den schnell herannahenden Gegenverkehr durchlassen. Thekla schaute in den Rückspiegel und meinte leicht zynisch, »so macht man das, - bei fehlender Reaktionszeit hilft auch kein schnelles Auto«.

Thekla hielt auf dem Parkstreifen der Provinzialstraße seitlich von den beiden Streifenwagen, die auf der Straße den Fundort der Leiche absicherten, an. Lisa parkte hinter ihr und stieg lächelnd aus.

»Wo wart Ihr denn auf der Autobahn? « fragte sie grinsend, als sie mit Peter an ihrer Seite auf Thekla und Robert zuging.

»Wenn man mit Tempo zweihundert über die Autobahn rast, kann man ja nicht hinter Euch bleiben«, versuchte Robert die drohende Reaktion von Thekla im Vorfeld abzumildern.

Thekla jedoch drehte sich um und ging, die Frage unbeantwortet gelassen, in Richtung des Toten, der noch immer in einer Blutlache lag. Er blutete stark aus der Halswunde, die vermutlich durch die Garotte verursacht wurde. Ein Mercedes-Vito hielt neben dem

Leichenfundort. Es waren die Kollegen der
Spurensicherung, die nun ausstiegen und sich die weißen
Einwegoveralls anzogen, bevor sie sich an die Arbeit
machten.

Thekla indes sah ganz in der Nähe einen Buchhandel.
Sie ging dorthin, da sie jemanden, anscheinend den
Inhaber vor der Türe stehen sah, der neugierig zu den eben
angekommenen Fahrzeugen schaute.

»Guten Tag«, sagte sie und hielt ihren Dienstausweis
hoch. »Thekla Sommer, Kriminalpolizei Siegburg, habe
Sie hier irgendetwas gesehen oder sind Sie sogar Zeuge
des Verbrechens? «

»Ich? « fragte der irritiert wirkende Mann, »nein, ich
habe nichts gesehen. Ich bin nur irritiert wegen der
Fahrzeuge, die hier mitten auf der Straße stehen. Was ist
denn passiert? Ein Verkehrsunfall? «

»Nein, kein Verkehrsunfall. Da hinten ist jemand auf
der Straße ermordet worden. Haben Sie wirklich nichts

gesehen oder gehört? « bei der Frage ließ Thekla ihren Blick in das Schaufenster schweifen. Der Blick des Ladeninhabers folgte Theklas Blick und er meinte:

»Sie schauen gerade auf das Poster der Rhein-Sieg-Kreis Krimis. Dort ist auch der neueste Fall eines Autors aus Bornheim. Der neue Fall heißt "Mord in Niederkassel", aber der hat wohl nichts mit dem Mord zu tun«, er zeigte in Richtung der Spurensicherung.

»Vielen Dank«, Thekla drehte sich um und wollte wieder zu den Kollegen gehen. Plötzlich überlegte sie es sich jedoch anders, wandte sich nochmals an den Inhaber der Buchhandlung und meinte: »Können Sie mir einen dieser Krimis "Mord in Niederkassel" als Geschenk einpacken?

»Leider ist der im Moment ausverkauft, ich kann ihn aber gerne für Sie bestellen«

»Nein Danke, ich bräuchte es heute Abend« meinte Thekla und dachte »dann besorge ich es bei der Frau, bei der wir gestern waren. Das Buch wollte sie ihrem Liebsten am Abend schenken. Robert würde sich bestimmt freuen.

Thekla bemerkte, als sie wieder am Tatort neben Robert stand, dass Lisa und Peter bereits damit begonnen hatten, sich unter den Schaulustigen zu erkundigen, ob sie etwas von der Tat gesehen hätten. Als diese Kurzbefragung keinen Hinweis ergab, machten sich die Beiden daran, in den umliegenden Häusern zu klingeln und die Bewohner ebenfalls zu befragen. Der Leiter der Spurensicherung sah Thekla, die hinter dem rot-weißen Flatterband stehengeblieben war, welches die Kollegen der Niederkasseler Polizeiwache bereits gespannt hatten und kam schnellen Schrittes zu ihr.

»Erwin Kleinmann, einunddreißig Jahre, aus Köln-Kalk«, sagte er und reichte Thekla den Ausweis des Toten, den er in der Innentasche seiner Lederimitatjacke gefunden hatte. »Wie die Streifenbeamten aus Niederkassel bereits richtig vermutet hatten, ist der Mann möglicherweise mit einer Garotte umgebracht. Die

Tatwaffe ist nicht gefunden worden, dafür aber hier einige Tütchen mit verschiedenen Inhalten. Ich tippe auf Haschisch, Koks und Crack, Genaueres werden die Schnelltests ergeben, die die Kollegen im Vito gerade durchführen. Außerdem haben wir bei dem Toten eine erhebliche Summe Bargeld gefunden«.

»Also kein Raubmord? « fragte Thekla.

Der Kollege der Spusi zuckte mit den Schultern und meinte: »Wahrscheinlich nicht«.

»Keine Kampfspuren?«, fragte Robert, der sich vorstellen konnte, dass so ein Dealer sich sicherlich mit Kampfsport auskennt. Schließlich hatte er ja täglich mit möglichen Übergriffen der Junkies zu rechnen.

Wieder schüttelte der "Mann in Weiß" den Kopf. »Glaub mir lieber Kollege, wenn man mit einer solchen Waffe umgehen kann, tötet man innerhalb kurzer Zeit völlig lautlos. Das Opfer gerät in Panik und will nur noch den Schmerz, des in den Hals einschneidenden, Stahlseils verhindern. Hinzu kommt die sofort eintretende Gewissheit, dass man dabei ist, elendig zu ersticken. In diesem Moment vergisst man, rein reflexmäßig jede Kampfsportart, die man erlernt hat«.

Er drehte sich wieder um und ging zu den anderen Kollegen seiner Truppe der Spurensicherung.

»Sag mal Thekla«, unterbrach Robert den Moment des Nachdenkens, »die Kollegen hatten doch gestern Spuren von Kokain auf einem Tisch in der Wohnung der Toten gefunden? Mir erscheint es nicht schlüssig, dass jemand, der kokst auch Crack zu sich nimmt?«.

»Das stimmt, da magst Du recht haben«, meinte Thekla.

»Weiterhin kommt mir gerade in den Sinn«, fuhr Robert fort, »dass wir heute Morgen von dem Ausbruch des Tobias Aller aus der Anstalt erfahren haben. Er litt an Wahnvorstellungen, er müsse die Welt von Drogendealern befreien. Auf welche Weise hatte er seine Opfer getötet?«

»Das hatte Sybille uns nicht erzählt. Tobias Aller ist doch in Andernach ausgebrochen, - meinst Du, er käme als Täter in Frage? « Thekla nahm ihr Smartphone und wählte die Nummer von Sybille Salz, im Polizeipräsidium Siegburg.

»Salz, Mordkommission«, meldete sich Sybille.

»Thekla hier, kannst Du mal bitte nachschauen, wie Tobias Aller, der Vater unserer Toten, seine Opfer getötet hatte? «

»Moment, ich hole schnell die Akte«.

Thekla nickte Robert zu, »Sie holt die Akte«.

»So, da bin ich wieder«, Thekla hörte, wie Sybille in der Akte blätterte, »also, - hier steht "auf hinterhältige und lautlose Weise, mit einer Drahtschlinge«.

»Danke Sybille, Du hast uns sehr geholfen«.

»Mit einer Drahtschlinge«, sagte Thekla zu Robert.

»Und er wusste von dem Mord an seiner Tochter«, meinte Robert.

Thekla nahm ihr Handy erneut zur Hand und leitete eine Nahbereichsfahndung nach dem Mann ein. Somit wurde nicht nur bundesweit wegen des Ausbruchs gefahndet, sondern nun auch intensiv im Nahbereich, wegen eines Mordverdachts.

»Jetzt könnten wir gut den kleinen gefleckten Hund gebrauchen, in den Du Dich letztens so verliebt hattest«, meinte Robert.

Thekla lächelte, »Du meinst Sir Q? Die old english Bulldogge? Ja, der würde vielleicht eine Spur aufnehmen können«.

Peter Ludwig kam mit seiner Kollegin Lisa Drollig kopfschüttelnd zu dem Tatort zurück. Der Tote wurde gerade in einen Zinksarg gelegt und dann in die Rechtsmedizin verbracht. »Keiner hat etwas mitbekommen«, meinte Peter zu Thekla

»Vielleicht sollten wir noch einmal zu dem Haus der Toten von gestern gehen. Das ist nicht weit von hier, das ist hier hinten rechts in die Straße rein«.

»Ja genau«, meinte Robert, »vielleicht ist dort jemandem etwas aufgefallen, was verdächtig erschien? Vielleicht war sogar entweder der tote Dealer oder der Vater von Frau Aller vor Ort? «

»Gibt es ein Foto von Tobias Aller? « fragte Lisa.

Thekla telefonierte erneut mit Sybille und vereinbarte, dass sie ein Bild aus der Fahndungsdatei auf die Smartphones von Robert, Lisa, Peter und ihr, zuschicken sollte. »Jetzt wissen wir wenigstens, nach wem wir suchen müssen«, meinte Thekla zu den Kollegen.

Am Haus des Fotomodells, in der Thelengasse angekommen, kam ein Mann mittleren Alters aus der Haustüre gelaufen und wollte zu einem 911er Porsche, der vor dem Haus abgestellt war. Robert stellte sich ihm breitbeinig in den Weg.

»Einen kleinen Moment bitte«, meinte er, als er ihm den Arm mit offener Handfläche entgegenhielt.

Der Mann stoppte und fragte etwas ruppig: »Hey, was soll das? «

Thekla zog ihren Dienstausweis aus der Jackentasche und meinte: »Kriminalpolizei Siegburg, können Sie sich bitte ausweisen? «

»Wie jetzt, - was soll das? «, fragte der Mann, der es eilig hatte aber trotzdem in seiner rechten hinteren Hosentasche nach seinem Portemonnaie fingerte.

Robert stand angespannt vor dem Mann, bereit ihm ein Messer oder eine andere Waffe, sofort aus der Hand schlagen zu können. Zu seiner Erleichterung brachte der Mann allerdings tatsächlich nur seine Geldbörse zum Vorschein. Er zog seinen Personalausweis heraus und gab ihn Thekla.

»Frederick Solms«, las Thekla laut vor und drehte den Ausweis um, um die Wohnanschrift zu lesen. »Ach, Sie wohnen hier? « erstaunt schaute Thekla den Mann an.

»Ja, was ist denn daran so erstaunlich? Ich würde jetzt gerne fahren, ich habe es eilig und muss dringend in meine Firma. Mein Geschäftsführer rief mich eben an. Es gibt Probleme mit einem Zulieferer«.

»Was denn für eine Firma? « Robert machte einen auf cool.

»Im- und Export von Gummiwaren«.

Thekla gab dem Mann den Ausweis zurück und meinte »Herr Solms, wir ermitteln hier in einem Mordfall. Ist Ihnen vielleicht in der Nacht zu gestern irgendetwas aufgefallen, hier im Haus oder um das Haus herum? «

»Sie sind wegen der toten Nutte hier? « fragte der Porschefahrer, der seinen Autoschlüssel schon in der Hand hielt, »das ist schon schade, was mit ihr passiert ist. Die hätte ich auch gerne mal gehabt…«.

»sind aber nicht an sie rangekommen? « fragte Robert provozierend.

»Sie verlangte eintausend Euro für eine Nacht«, Herr Solms tippte sich mit dem Zeigefinger der rechten Hand an die Stirn, »wo gibts denn sowas? «

»Aufgefallen ist Ihnen nichts? « fragte Thekla noch einmal nach.

Er schüttelte den Kopf, hielt aber plötzlich inne und meinte: »Doch, - warten Sie, - es ist in den letzten Nächten ein "Porsche Cayenne Turbo S E-Hybrid" hier oft langsam vorbeigefahren. Der Wagen ist mir aufgefallen, weil, – den hätte ich auch gerne aber er kostet schlappe einhundertsiebzigtausend Euro«.

»Farbe, Kennzeichen? «, fragte Lisa, die ihren Notizblock aufgeschlagen hatte.

»Dunkelblau, aber das Kennzeichen habe ich nicht genau gesehen, SU oder SO oder ST, genau weiß ich das nicht. Kann ich jetzt los, ich habe echt keine Zeit! «

Thekla und Robert gaben den Weg frei.

»Im- und Export von Gummiwaren«, meinte Robert leise zu Lisa, »wahrscheinlich Gummipuppen«. Lisa prustete los vor Lachen.

Die Kripobeamten betraten das Haus und bemerkten, als sie an der Wohnungstüre der Toten standen, dass jemand das polizeiliche Siegel aufgebrochen hatte. Aufbruchspuren waren keine zu erkennen, deshalb zogen alle ihre Dienstwaffen und öffneten langsam mit dem Wohnungsschlüssel, den Thekla am Morgen vorsichtshalber aus dem Präsidium mitgenommen hatte, die Wohnungstüre. Langsam schlichen sie in die Wohnung und durchsuchten alle Räume. In dem Raum, in dem das Fotomodell zahlungskräftige Kunden empfing, wurden sie fündig.

Die einundzwanzigjährige Schwester der Toten saß tränenüberströmt auf dem Wasserbett, das Robert schon am Vortag so toll fand. Sie hielt einige Fotos von der nackten Schwester mit verschiedenen Männern hier auf dem Bett in der Hand.

»Wer sind Sie denn und wie kommen Sie hier rein? « fragte Thekla, die ihre Waffe wieder in das Schulterholster gesteckt hatte. Auch die anderen steckten nun ihre Waffen wieder weg.

Die junge Frau schaute auf, keineswegs erschrocken von den überraschend aufgetauchten Beamten.

»Patrizia Weber«, meinte die junge Frau, »ich bin«, sie stockte, »ich war die Schwester von Sonja«. Ein erneuter Weinkrampf schüttelte die zierliche Frau.

»Wie kommen Sie denn hier rein? « wollte Lisa wissen.

Patrizia hielt einen Schlüssel hoch, den sie in der rechten Hand hielt, »Ein Zweitschlüssel, - den hat mir Sonja für den Notfall gegeben«.

»Notfall? « fragte Thekla.

»Ja, - das macht man so, - sie hatte auch einen Schlüssel von meiner Wohnung«.

»Wo wohnen Sie denn? « wollte Lisa wissen, die schon wieder ihren Notizblock gezückt hatte.

»Vorgebirgsstraße drei, in Bonn«, kam die kurze Antwort.

»Nun lassen Sie sich bitte nicht alles aus der Nase ziehen«, Robert reichte es, er kam sich vor wie in einer Fragestunde, »hatten Sie von dem Tod Ihrer Schwester gewusst? und wenn ja, - woher? «

Patrizia zuckte bei der rauen Ansprache Roberts etwas zusammen. »Sonjas Vater hatte mich gestern Nachmittag angerufen und mir mitgeteilt, dass meine Halbschwester ermordet worden sei«.

»Halbschwester? « fragte Thekla -

Patrizia nickte. »Wir haben die gleiche Mutter aber unterschiedliche Väter. Tobias ist Sonjas Vater aber nicht meiner«.

»Und der hat Sie gestern angerufen? « fragte Lisa.

Wieder nickte Patrizia, »Ja, und er meinte, er würde den Kerl fertig machen, der Sonja das angetan hat«. Sie schaute auf die Fotos in ihrer Hand.

»Was sind denn das für Fotos«, Robert machte zwei Schritte nach vorne und nahm Patrizia die Fotos aus der Hand. Er schaute sich die einzelnen Bilder an und dachte, »was für eine tolle Frau«. Er sah Sonja in verschiedenen Posen, mal devot, mal herrschend, mal obenauf sitzend mit verschiedenen Männern.

»Wo haben Sie die Bilder her? « fragte Thekla, die inzwischen die Bilder genommen und ebenfalls angeschaut hatte.

Patrizia zeigte wieder weinend in Richtung des Kleiderschrankes. »Oberste Schublade, die Bilder waren mit Klebeband unter dem Schubladenboden befestigt. Sonja sagte mal zu mir, "wenn mir mal etwas zustößt, dann schau Dir zunächst die Kerle an, die auf den Bildern zu sehen sind. Die Namen sind auf der Rückseite notiert«.

Thekla wendete den Stapel Bilder um und sah, dass auf jedem Bild ein anderer Name stand. Insgesamt sechs unterschiedliche Bilder und sechs unterschiedliche Namen.

Thekla nickte mehrmals und meinte leise: »Saubere Arbeit, - das sing exakt die Ansatzpunkte, die wir uns immer wünschen«.

»Wie auf dem Servierteller«, fügte Robert hinzu.

»Wer die Männer sind, wissen Sie nicht zufällig? « fragte Lisa.

Patrizia verzog den Mund, als sie ihren Kopf schüttelte und spöttisch meinte: »Irgendwelche Werbefuzzis und Firmeninhaber, die Sonja für Werbeaufnahmen buchten. Sie ließen sich aber auch von Sonja verwöhnen, damit sie "im Geschäft" blieb. Angewidert sprang sie auf und lief ins Badezimmer. Dabei rannte sie gegen Peter Ludwig, der nicht in das "Liebeszimmer" gegangen war, sondern im Nebenraum wartete. Lisa wollte schnell hinterher, da sie befürchtete, Patrizia Weber wolle aus der Wohnung rennen. Man hörte die Badezimmertüre ins Schloss knallen und danach, wie sich Patrizia unüberhörbar, übergab.

Thekla stand auf und meinte zu Robert: »Wir fahren jetzt ins Präsidium und eruieren, wer die Männer hier sind. Ihr zwei«, sie schaute zu Peter und Lisa, »hört Euch bitte hier im Ort und dem Nachbarort um, ob jemand Herrn Aller gesehen hat. Ein Foto von ihm habt Ihr auf Euren Smartphones«.

Die Beiden nickten und verließen die Wohnung, noch bevor Patrizia das Badezimmer wieder verlassen hatte. Thekla steckte die "Schmuddelbilder" in ihre Jackentasche, dann meinte Sie: »Es wird schwierig, aber wir werden die Mörder dingfest machen«.

Als Patrizia die Wohnung mit den Komissaren verließ und die Wohnungstüre erneut versiegelt wurde, fragte Thekla: »Hatten Sie sich eigentlich mit Sonjas Vater hier in der Wohnung verabredet? «

»Wieso, - der sitzt doch in der Geschlossenen? « tat Patrizia erstaunt.

Kopfschüttelnd meinte Thekla: »Eben nicht, - nachdem er gestern Nachmittag von dem Tod seiner Tochter erfahren hatte, ist er geflohen. Wahrscheinich hat er dann heute Morgen hier ganz in der Nähe einen Drogendealer umgebracht. Es deutet jedenfalls alles darauf hin, denn es war die gleiche Vorgehensweise, wie die, die er bei seinen früheren Morden auch angewendet hatte«.

Patrizia schlug die Hände vors Gesicht und stöhnte. »Oh mein Gott«.

*

Thekla wendete ihren Twingo und befuhr die Provinzialstraße in Richtung der Rheidter Straße. An der Ampelkreuzung wollte sie nach rechts, in Richtung der A565, abbiegen. Kurz vor der Kreuzung sah sie, dass sowohl ein Bus, als auch zwei PKWs an der Weiterfahrt gehindert wurden. Ein Pulk von Menschen hatte sich auf der Kreuzung versammelt. Einige waren vermummt, andere hielten Schilder und beschriftete Laken in den Händen. Thekla schaltete die Warnblinkanlage an, stieg mit Robert zusammen aus dem Auto aus und ging zu der Kreuzung.

»Was ist denn hier los? « fragte sie, die gerade eintreffenden uniformierten Kollegen, der in Niederkassel ansässigen Polizeiwache.

»Was geht Sie das denn an? Gehören Sie auch zu dem Haufen? « meinte der Angesprochene, sichtlich genervte Kollege.

Thekla kramte in ihrer Jackentasche und zeigte ihren Dienstausweis.

»Oh, Entschuldigung Kollegin. Hier ist eine angemeldete Demonstration von etwa zweihundert Gegnern der geplanten Rheinspange. Dass die allerdings die Kreuzung nun besetzt halten und den Verkehr auf der L269 blockieren, war nach Angaben der Organisatoren nicht geplant. Wir werden nun auf Verstärkung durch Kollegen aus Bonn und Troisdorf warten und danach die Kreuzung räumen«.

»Was ist denn die Rheinspange? « wollte Robert wissen. »Ist das ein Goldschatz der Nibelungen, der hier im Rhein liegt? « fragte er lachend.

Der uniformierte Kollege schüttelte schmunzelnd den Kopf. »Was Sie meinen, ist wahrscheinlich der sagenumwobene Goldschatz, der in der Nibelungensaga etwa in der Mitte des zwölfhundert Kilometer langen Rheins zwischen Gernsheim und Biebesheim, versenkt worden sein soll und das schon weit vor dem frühen Mittelalter.«

Thekla schaute zu Robert mit den Worten: »Das meintest Du bestimmt nicht, oder? «

»Na ja, wie dem auch sei«, erklärte der Beamte weiter, »als Rheinspange wird eine Autobahnverbindung zwischen der A555 und der A59, bezeichnet. Diese soll nach verschiedensten Planungen auf der anderen Rheinseite bei Wesseling abgehen. Sie soll über eine neu zu bauende Brücke und eine, auf Stelzen stehenden Verlängerung, hier in der Gegend um Niederkassel auf die "Flughafenautobahn" geführt werden. Laut Planungen erhofft man sich eine Entlastung der Regionen und der Brücken in Bonn und Köln«.

»Und dafür protestieren die Leute hier? « fragte Robert.

»Nein, - dagegen«, antwortete der Kollege, der an den Streifenwagen gelehnt stand und seine linke Hand als Schutz gegen die Sonnenstrahlen vor seine Stirn hielt.

»Da kann ich die Leute aber irgendwie schon verstehen, die sich für die freie Meinungsäußerung, manchmal durchaus auch mit dem Mittel einer rechtmäßig angemeldeten Demonstration, einsetzen«, meinte Thekla. »Hier, die schöne Gegend mit einer Vielzahl von Brückenpfeilern zu durchziehen und eine mehrspurige Autobahn, teilweise über den Dächern von Einfamilienhäusern hinweg, zu bauen, ist ja auch keine schöne Vorstellung. Aber nun habe ich eine Frage, Herr Kollege, - wie kommen wir denn jetzt schnellstens zur Autobahn? Wir sind mitten in einer Mordermittlung und in Zeitdruck«.

»Mit Blaulicht und Martinshorn würde ich es nun nicht versuchen«, meinte der erfahrene Beamte. Er vermutete, die Demonstranten würden sich dann erst recht und demonstrativ auf die Fahrbahn setzen und sich notfalls einzeln wegtragen lassen. »Wenden Sie ihren Wagen, fahren Sie entgegengesetzt und biegen dann nach einigen hundert Metern nach links in die Meindorfer Straße und dann in die Bergheimer Straße ab. Nach einigen Kilometern, biegen Sie in Bergheim nach rechts in die Bergstraße ab. Diese Straße führt wieder auf die L269 und zur Autobahn«.

Thekla tippte sich mit dem ausgestreckten Ring- und Mittelfinger ihrer rechten Hand an die Stirn und meinte: »Verstanden, vielen Dank«. Sie drehte sich um und ging mit Robert zurück zum Twingo, stieg ein und wendete den

Twingo auf der Provinzialstraße. Als sie die geschilderte
Strecke befuhr, merkte sie, dass sehr viele Einheimische
ebenfalls diese Strecke wählten.

*

Bei der abendlichen Fallbesprechung, an der auch die
zwischenzeitlich zurückgekehrten Kollegen, Lisa und
Peter teilnahmen, berichteten die Beiden, bei der
Befragung der Mondorfer und Rheidter Bürger, keinen
Erfolg gehabt zu haben. Sie hatten viele Passanten auf den
Straßen angesprochen und das Fahndungsbild von Herrn
Tobias Aller, dem Vater der Niederkasseler Toten, gezeigt,
welches sie auf den Smartphones abgespeichert hatten.
Manche sagten, sie hätten den Mann in einer Bankfiliale in
Mondorf gesehen. Diese Spur führte allerdings ins Nichts,
da die Bankangestellten eine große Ähnlichkeit mit einem
ihrer Kunden bestätigten. Ein anderer Passant meinte, er
hätte ihn im Bus der Linie SB55 gesehen, allerdings hätte
er dort einen Vollbart und eine Halbglatze gehabt. Eine
andere Frau meinte, er hätte ihrem, im Kinderwagen

sitzenden Enkelkind, den Teddy aufgehoben, den es fallengelassen hatte. Der Mann hätte aber nicht verstanden, dass sie sich bedanken wollte. Er hätte irgendwas in russischer Sprache geantwortet. Alles in allem waren die Befragungen nicht ergiebig.

Thekla breitete die in dem "Arbeitszimmer" von Frau Sonja Aller gefundenen Bilder auf dem Tisch aus. Sybille Salz hatte zwischenzeitlich eine Liste mit den, auf der Rückseite der Bilder stehenden Namen erstellt. »Diese Namen müssen wir im Internet recherchieren und die Adressen herausfinden. Es werden sich ganz bestimmt auch vermutlich honore Persönlichkeiten darunter befinden«, meinte Thekla und reichte die Liste zurück an Sybille.

»Was mir die ganze Zeit schon durch den Kopf geht«, sagte Lisa nachdenklich, »wie sind diese Bilder entstanden? Schließlich sind es doch sehr kompromittierende Aufnahmen, immer auf dem Wasserbett der Toten«.

»Die KTU ist bereits darüber informiert und die Kollegen untersuchen wahrscheinlich gerade zu diesem Zeitpunkt, die Wohnung nach einer Kamera oder einem Aufzeichnungsgerät. Sobald sie etwas gefunden haben, bekommen wir Bescheid«, antwortete Thekla.

Es dämmerte bereits, denn die Besprechung dauerte nun doch schon länger als normalerweise üblich. Das Telefon auf dem ovalen Tisch des Besprechungszimmers klingelte. Diesmal war Thekla schneller am Hörer als Robert. Als sie abnahm schaute sie Robert an, zwinkerte mit dem rechten Auge ihren, links neben ihr sitzenden Lebensgefährten an und streckte ihm grinsend und frech die Zunge raus.

»Sommer«, meldete sich Thekla, die sich sehr auf den Feierabend freute, da sie mit Robert heute den neuen Chinesen am Siegburger Markt ausprobieren wollte. Er hatte dort vor zehn Tagen eröffnet und warb damit, ständig frische Meeresfrüchte zu servieren.

»Hallo Thekla«, meldete sich Alfred Bollenkamp, »er hat wieder zugeschlagen«.

»Wer? « fragte Thekla hastig.

»Der mit der Drahtschlinge. Gerade kam die Meldung aus Niederkassel-Lülsdorf. Jemand hat im Hausflur eines Mehrfamilienhauses, eine Frau von hinten angefallen und mit einer Drahtschlinge solange gewürgt, bis sie tot war«.

»Eine Frau? Wir fahren sofort dorthin. Gib mir bitte den Namen und die Adresse«.

»Jacqueline Puroh, Porzer Straße in Ranzel«, meinte Fred.

»Da waren wir doch gestern«, gab Thekla erstaunt von sich.

»Ich weiß, deshalb gebe ich Dir ja auch direkt die Meldung der uniformierten Kollegen aus Niederkassel weiter. Kümmere Dich darum, - wir können keinen Serienmörder gebrauchen«. Bollenkamp legte auf.

Thekla schaute in die Runde und meinte: »Nichts mit "schönem Abend", - wieder eine Drahtschlinge in Niederkassel«.

Lisa und Peter standen schnell auf und räumten die vor ihnen liegenden Bilder und Notizblöcke zusammen.

»Nein«, sagte Thekla bestimmend, »Ihr zwei seid heute so viel durch die Ortschaften gegangen und müsst bestimmt ziemlich müde sein, - Ihr geht schön nach Hause und ruht Euch aus. Robert und ich fahren dort hin. Wir können heute Nacht sowieso nicht mehr sehr viel erreichen, höchstens Zeugen befragen und erste Spuren sichern. Dafür allerdings sind die Kollegen der Spusi zuständig und die dürften schon unterwegs sein. Also, - gute Nacht zusammen. Sybille«, Thekla drehte sich in Richtung der "guten Seele" des Innendienstes, »wenn Du noch Zeit hast, nimm Dir bitte noch die von Dir angefertigte Liste und recherchiere bitte die Wohnorte der "lüsternen Männer" auf den Fotos. Geht das bis morgen früh? « Thekla wusste, dass dies eher eine rhetorische

Frage war, da Sybille Salz als langjährige Kriminalkommissarin in Theklas Team stets an vorderster Front stand und stets einsatzbereit war.

»Klar«, meinte sie grinsend. Sie war froh, das Team auch weiterhin, wenn auch im Innendienst, unterstützen zu können und für Thekla, die selbst immer ihr bestes gab und bis an die Grenzen der Erschöpfung arbeitete, diese Aufgabe übernehmen zu können, »morgen früh hast Du alles auf Deinem Schreibtisch«.

»Du bist ein Schatz«, lobte Thekla und in die Runde schauend fügte sie hinzu: »Euch nochmals einen schönen Abend. Morgen früh um neun sehen wir uns hier wieder«.

Auf dem Weg ins Präsidiumsparkhaus zu dem abgestellten Twingo, machte Robert einen kleinen Schlenker in die, im Erdgeschoss untergebrachte Polizeiwache Siegburgs. Er fragte nach dem Autoschlüssel eines Dienstwagens, um den Aufenthalt an einer Tankstelle mit Theklas Twingo, zu vermeiden. Auf der nachmittäglichen Rückkehr aus Niederkassel hatte er nämlich bemerkt, dass die Tankanzeige bereits auf "Reserve" stand. Jetzt allerdings hatten sie keine Zeit mehr zum Tanken, da nun höchste Eile geboten war, an den neuen Tatort zu kommen. Diesmal ließ Thekla ihren geliebten Robert fahren und nahm auf dem Beifahrersitz Platz, da sie genau wusste, dass Robert den VW Passat Variant 2.0 TDI, mit einhundertfünfzig PS, gerne fuhr. Robert gab mächtig Gas, und als sie von der Bonner Straße auf die A560 fuhren, gab er Vollgas. Diesmal nahm er den Weg über die Flughafenautobahn bis nach Troisdorf-Spich, um dann über Libur nach Ranzel zu fahren.

»Hast Du ein Glück, dass der Berufsverkehr schon vorbei ist«, meinte Thekla, »sonst hättest Du nicht die linke Spur nur für Dich alleine gehabt, trotz eingeschaltetem Blaulicht«.

Robert grinste zufrieden.

Als sie in die Porzer Straße abbogen und bereits von Weitem das Blaulicht des, am Tatort stehenden

Streifenwagens sahen, meinte Robert: »Da war ich mit meiner weitläufigen Vermutung, die Frau könnte auch als Aufpasserin eines Prostituiertenrings unter dem Deckmantel einer Haushaltshilfe, tätig gewesen sein, anscheinend doch nicht im Unrecht? «

»Da wäre ich mir jetzt gar nicht mal so sicher, denn gerade jetzt, als Du es wieder erzählt hattest, hatte ich wieder so ein komisches Bauchgefühl«.

»Thekla«, Robert schaute Thekla nun an, da er den Wagen hinter dem Streifenwagen zum Stehen gebracht hatte, »Du und Dein ewiges Bauchgefühl«, dabei schüttelte er den Kopf und stieg aus. Insgeheim wusste er allerdings, dass Thekla so etwas wie einen siebten Sinn hatte. Immer wenn sich das "Bauchgefühl" meldete, ging sie Spuren nach, die eigentlich noch nicht vorhanden waren.

Der Eingang zu dem Haus war bereits etwa vier Meter vor dem Eingang mit rot-weißem Flatterband abgesperrt. Robert hielt die Absperrung mit der rechten Hand hoch,

damit Thekla sich nicht so weit nach unten bücken musste.
Ein Streifenpolizist, der den Eingang sicherte, wollte
gerade auf die Beiden zugehen. Er hielt seine Hände in
halber Höhe und mit ausgestreckten Armen hoch, als
Thekla ihren Dienstausweis nach oben hielt.

»Hallo Kollege«, begrüßte sie den Mann, der den
Durchgang sofort gewährte, »wo ist der Tatort? « fragte
sie.

»Hier unten im Treppenhaus«, er zeigte entlang der
weit geöffneten Türe. Die Spurensicherung war mal
wieder schneller gewesen, worüber sich Thekla jedes Mal
wunderte. »Wie schafften die das bloß? « dachte sie. Das
Treppenhaus war taghell mit den Neonleuchten der
Sonderabteilung ausgeleuchtet. Auf den kalten in grau
gehaltenen Steinfliesen lag Frau Puroh in einer Blutlache
mit weit aufgerissenen Augen. Sie hatte den Täter
wahrscheinlich nicht bemerkt, als sie am Briefkasten, die
Post geholt hatte und der Mörder von hinten an sie
herantrat. Vermutlich hatte er sich gegenüber den

Briefkästen hinter einem Mauerabsatz versteckt oder war es doch ganz anders und Frau Puroh kannte den Mann und hatte ihn mit in den Flur genommen? Wollte sie ihn möglicherweise sogar mit in ihre Wohnung nehmen, was der Täter jedoch verhinderte, da er dort keine Spuren hinterlassen wollte?

»Gibt es schon Erkenntnisse? « wollte Thekla von dem Leiter der Spusi wissen, der neben der Leiche kniete und sich die Schnittwunde des schmalen Drahtseils ansah.

»Vorsicht bitte«, meinte dieser und zeigte auf Spuren in unmittelbarer Nähe von Frau Puroh, »da sind blutverschmierte Sohlenabdrücke. Wir haben die zwar schon fototechnisch dokumentiert aber noch keine Sicherung der weiteren Spuren genommen. Möglicherweise sind dort feinste Spuren die darauf hinweisen, wo sich der Täter vorher aufgehalten hat«.

Thekla wich erschrocken zurück und schaute nach unten, wobei sie gegen Robert stieß, der direkt hinter ihr stand. Jetzt erst bemerkte Thekla, dass sie vergessen hatten, die blauen Schuhschoner anzuziehen, die verhindern sollten, irreführende Spuren zu legen oder vorhandene zu überlagern. Sie hob eine Hand und meinte: »Entschuldigung, mein Fehler«.

Der Mann von der Spusi nickte nur, bevor er sich weiter an seine Arbeit machte.

»Wer hat sie denn gefunden? « wollte Robert nun wissen.

»Hier die Bewohnerin«, wieder unterbrach der Mann seine Arbeit und zeigte auf die Türe, schräg gegenüber dem Tatort, der Notarzt ist gerade bei ihr und gibt ihr eine Beruhigungsspritze. Sie ist total fertig. Kann ich jetzt in Ruhe weiterarbeiten? « fragte er brummig.

Thekla stupste Robert an und flüsterte: »Komm wir fahren. Die Frau befragen wir morgen als Zeugin, da ich nicht glaube, dass sie uns jetzt noch klare Hinweise geben kann«.

Sie drehten sich um und gingen in Richtung der Haustüre. Diesmal stoppte Robert und drehte sich wieder in Richtung der Spurensicherung mit der Frage:»Kann man schon etwas zu dem Abdruck sagen? Ich meine die Schuhgröße? «

Diesmal antwortete ein anderer Kollege, der in weißen Plastikoveralls gekleideten Männer:»Wir haben abgemessen und erfasst, dass es sich um Schuhgröße sechsundvierzig handelt«.

Robert hob eine Hand zum Zeichen des Dankes. Danach verließ er mit Thekla das Haus.

»Schuhgröße sechsundvierzig«, meinte er zu Thekla, als beide in Richtung des Dienstwagens gingen,»dann muss es sich bei dem Täter um einen Mann handeln. Ich kenne keine Frau mit solch großen Tretern«.

»Bei dem Täter oder sonst irgendeinem, der unvorsichtig da durchgelatscht ist und die Spuren verursacht hat, könnten noch Blutreste unter seinen Schuhen sein«.

»Finden wir die Schuhe, haben wir den Täter«, meinte Robert, »Blut lässt sich noch nach Tagen unter Straßenschuhen nachweisen.

*

Am nächsten Morgen waren alle pünktlich zum Dienst im Besprechungsraum erschienen. Thekla hatte Sybille bereits darum gebeten, in der Forensischen Klinik nachzufragen, ob sie zufällig die Schuhgröße von Tobias Aller in ihren Unterlagen hätten? Tatsächlich legte Sybille einen Zettel vor sie auf den Tisch, bevor sie die Gesprächsrunde eröffnete.

"Schuhgröße vierundvierzig" stand darauf. "Er hatte von der Klinik Schuhe bei der Einkleidung bekommen und seine eigenen abgeben müssen".

»Guten Morgen zusammen«, begann Thekla, »der Mord von gestern, zu dem Robert und ich gestern Abend noch hingefahren waren, weist den gleichen Tathergang auf, wie der Mord von gestern Morgen in Mondorf. Wir gehen fest davon aus, dass es sich um den gleichen Täter handelt. Dringend tatverdächtig ist nach wie vor Tobias Aller, der Vater des Fotomodells, das wir mit einer Spritze im Arm, tot in deren Wohnung gefunden haben und die wir mit einer sehr hohen Konzentration Cracklösung im Blut, aufgefunden haben. Die Fahndung nach Herrn Aller läuft bundesweit auf Hochtouren, allerdings verstärkt hier im Rhein-Sieg-Kreis, besonders im Raum Niederkassel und Bonn. Die gestern Abend gesicherten Fußspuren am Tatort in Ranzel, können Herrn Aller nicht zugeordnet werden, dennoch trägt die Tatausführung seine "Handschrift". Sybille war so fleißig und hat die Namen und Adressen der sechs gefundenen Bilder in Frau Allers Wohnung ausfindig gemacht. Es handelt sich um einen Möbelfabrikant aus der Voreifel, zwei Fotografen der hier im näheren Einzugsgebiet erscheinenden Lokalpresse, einem sehr gefragten Fotografen für Modemagazine und zwei Herausgebern von Bekleidungskatalogen. Wahrscheinlich Auftraggeber des Fotomodels«.

»Möglicherweise läuft das so in der Branche, guter Sex ermöglicht gute Aufträge«, warf Robert ein, worauf Lisa sofort antwortete, »leider habe ich so etwas tatsächlich schon einmal von einer früheren Bekannten gehört«.

»Die Machenschaften mancher "Modemacher" gehören eigentlich vor Gericht, wenn nur die Models nicht so eine Angst um ihre wirtschaftliche Existenz hätten«, gab Thekla den Beiden Recht. Auch wenn wir die beiden Morde, die mit einer Garotte begangen wurden aufzuklären haben, ist doch auch die Spurenverfolgung des ersten Falles voranzutreiben«.

»Da hat sich aus einem Fall, wahrscheinlich im Zusammenhang, viel Arbeit ergeben. Sollten wir da nicht um zusätzliche Kräfte nachfragen? « meinte Peter Ludwig, der erfahrene Kollege, der sich jedoch meist bedächtig im Hintergrund hielt.

»Tatsächlich habe ich darüber bereits nachgedacht und will Alfred fragen, ob uns die Kollegen einer anderen Dienstgruppe unterstützen könnten, aber erst, wenn tatsächlich abzusehen ist, dass wir an unsere Grenzen stoßen. Heute jedoch werden wir uns erst einmal um die Männer auf den Bildern kümmern. Lisa, Du fährst bitte zu dem Mann aus der Voreifel. Lass Dich nicht abwimmeln und er soll Dir ein Alibi für die Tatzeit bringen. Ansonsten bring ihn hier in die Arrestzelle. Peter, Du kümmerst Dich bitte um die beiden Fotografen der hiesigen Presse. Auch hier gilt, glaubhaftes Alibi oder Arrest«.

Lisa schaute Thekla fragend an. »Warum denn auf einmal so rigoros? « fragte sie.

»Weil ich es leid bin, dass uns hier ewig auf der Nase herumgetanzt wird und wir die Beschuldigten stets "in Watte" wickeln müssen«, antwortete Thekla aufgebracht. Robert und ich werden uns, getrennt voneinander, die Herausgeber der Modemagazine vornehmen. Den

Fotografen der Magazine können wir dann später, wenn erforderlich, noch aufsuchen«.

Die Sekretärin des Ressortleiters Alfred Bollenkamp, öffnete ohne zu klopfen die Türe zum Besprechungsraum und legte vor Thekla einen DIN A4 Zettel hin. Thekla las kurz, was darauf geschrieben stand. Dann sagte sie: »Auch das noch, die Suche nach unserem Hauptverdächtigen, Herrn Tobias Aller, wird mit sofortiger Wirkung eingestellt. Er ist vorgestern Nacht bei Duisburg, tot aus dem Rhein gefischt worden. Ich frage mich, wieso wir erst heute darüber Bescheid bekommen«, ärgerte sich Thekla, wild mit den Händen in der Luft wedelnd, »wahrscheinlich wieder diese länderübergreifende Informationsblockade? «

Robert schaute Thekla mit in Falten geworfener Stirn an: »Länderübergreifend? « fragte er.

»Wir«, Thekla zeigte mit beiden Händen auf den Boden vor sich, »Nordrhein-Westfalen und Andernach«, diesmal zeigte Thekla mit ausgestreckten Armen nach draußen,

»Rheinland-Pfalz. Ich verstehe nicht, wieso nur das LKA und das BKA Zugriff auf länderübergreifende Daten hat und wir, als Kreispolizeibehörde, nicht«.

Lisa bemerkte mit einem Feingefühl, dass ihre Kollegen nicht an den Tag legten, dass Thekla sich in Rage geredet hatte. Sie stand auf und holte aus dem Nebenraum eine Flasche Mineralwasser und goss Thekla ein Glas ein.

»Trink erst einmal, - das wird Dir guttun«, meinte sie, wobei sie Thekla eine Hand auf die Schulter legte und die Wange Theklas leicht streichelte.

Thekla nahm die wohlgemeinte Geste Lisas lächelnd entgegen.

*

Lisa hatte sich diesmal den VW Passat, mit dem Robert so gerne fuhr, aus der Tiefgarage genommen. Auch sie liebte den schnellen Wagen und gab, wo es zugelassen war, auch mächtig Gas. Sie befuhr die A565 aus Bonn kommend am Autobahnkreuz Meckenheim, dort wo die Autobahn in die B257 überging, um weiter die Strecke in Richtung Nürburgring zu nehmen. Hinter der Sommerrodelbahn in Kalenborn ging es recht steil und kurvig bergab nach Altenahr. Eigentlich war Lisa, so glaubte sie, nicht zu schnell unterwegs, sie übersah jedoch die beiden, plötzlich aus dem links von ihr gelegenen Wald herausbrechenden Wildschweine, die vor ihrem Wagen auf die andere Straßenseite liefen. Trotz sofort eingeleiteter Vollbremsung ließ sich ein Zusammenstoß mit einem der Tiere nicht verhindern. Ein weiteres Wildschwein lief unterdes weiter und verschwand im Tal, das sich an der anderen Straßenseite anschloss. Zwar war der Anstoß am linken Kotflügel so heftig, dass das Borstenvieh schwer verletzt am Boden liegen blieb, jedoch hatte der Airbag in dem Wagen nicht ausgelöst. Lisa schaltete die Warnblinkanlage des Autos ein und öffnete langsam die

Fahrertüre. Nachdem sie ausgestiegen war, ging sie langsam zum vorderen Bereich des Wagens, um sich den Schaden anzusehen, dabei sah sie das Wildschwein, schwer schnaufend am Boden liegen. Sie überlegte kurz, ob sie ihre Walther P99 aus dem Gürtelholster ziehen sollte, um das arme Tier zu erlösen. Hinter dem Passat hielt ein Wagen an, aus dem ein hilfsbereiter Mann sofort ausstieg. Er schaute sich den Schaden am Wagen und das verletzte Tier an.

»Ich kenne den Jäger hier aus dem Revier«, meinte er und zückte bereits sein Handy, »ich rufe ihn an gleich an, er wird das Tier erlösen müssen«.

Lisa fiel ein Stein vom Herzen, denn der Gebrauch der Waffe und das Abfeuern einer Kugel, hätte einen ellenlangen Schriftkram in der Dienststelle erforderlich gemacht.

»Vielen Dank dass Sie mir helfen«, meinte sie.

Nachdem das Tier getötet und auf dem Pritschenwagen des Jägers abtransportiert war, wurde der Passat auf einen gerufenen Abschleppwagen geladen. Der Wagen war nicht mehr fahrbereit, da sich der Kotflügel so verbogen hatte, dass er am linken vorderen Rad schleifte. Der Fahrer des Abschleppwagens staunte nicht schlecht, als er erfuhr, dass es sich um einen Zivilwagen der Polizei handelte, der nach Siegburg in die polizeieigene Werkstatt gebracht werden solle.

*

Peter Ludwig hatte inzwischen bei dem Fotografen einer der beiden großen Tageszeitungen im hiesigen Raum, bei ihm zu Hause geklingelt. Eine recht junge Frau hatte die Türe geöffnet, die auf dem Arm ein kleines Mädchen mit hellblonden Locken hielt, die das Gesicht der Kleinen umspielten. Für Peter wirkte sie, wie ein kleiner Engel.

»Guten Tag«, meinte Peter, der seinen Dienstausweis vorzeigte, »ich möchte gerne zu Wolfgang Rademacher. Wohnt er hier? «

Frau Rademacher schaute sich den Dienstausweis genau an. Dann meinte sie: »Guten Morgen, ja, er wohnt hier aber mein Mann ist bereits seit drei Wochen im Krankenhaus. Er musste nach einem Autounfall bereits zweimal operiert werden. Worum geht's denn? «

»Ach, nur eine Routinebefragung. Ihr Mann hatte wegen einer Sache bei uns recherchiert«, log Peter, der die junge Mutter nicht beunruhigen wollte. Schließlich würde der Haussegen gewaltig schief hängen, wenn er ihr das Bild gezeigt hätte, das er von ihrem Mann in der Jackentasche hatte. Er ließ sich das Krankenhaus benennen und wollte Herrn Rademacher zu einem späteren Zeitpunkt dort aufsuchen. Er stieg in seinen Dienstwagen, wendete diesen auf der schmalen Straße und fuhr zu dem zweiten Fotografen, der auf einem anderen Bild, in eindeutiger Stellung mit der nun toten Sonja Aller, zeigte. Peter dachte darüber nach, wie einfach es doch heute ist, heimlich Aufnahmen zu machen. Die Kollegen der KTU hatten nämlich bei der zweiten Durchsuchung der Wohnung, im "Spielzimmer" der Frau, eine Minikamera, etwa fünf Millimeter im Durchmesser, gefunden. Diese Kamera war als mittlerer von drei Knöpfen an einem Mantel befestigt, der einem Plüschteddybären angezogen worden war. Dieser Teddybär saß auf einem kleinen Schrank gegenüber des Wasserbettes. Der Apparat funkte via Bluetooth laufende Bilder an einen, im Nebenraum stehenden, Recorder. Von diesem Recorder wurden dann zu einem späteren Zeitpunkt die entsprechenden Bilder ausgedruckt. Kurz bevor Peter sein Ziel, den Wohnort des Fotografen erreichte, klingelte sein Handy. Thekla rief an.

»Hallo Thekla, den ersten konnte ich nicht erreichen und bin gleich bei dem zweiten Mann, den ich befragen soll«, sagte Peter.

»Wo bist Du denn gerade«, fragte Thekla.

»Ich bin gerade auf der A559, kurz hinter dem Dreieck Gremberg«, antwortete Peter.

»Das trifft sich gut. Ich bin hier in Porz-Zündorf, in der Schmittgasse. Hier wohnt der Herausgeber von dem Modemagazin, für das Frau Aller gemodelt hatte. Vor der Türe steht ein Porsche Cayenne Turbo S, wie ihn ein Zeuge vor dem Tatorthaus gesehen hatte. Da ich Robert im Moment nicht erreiche, - kannst Du vielleicht, sicherheitshalber zu meiner Unterstützung hier vorbeikommen? «

Peter zögerte keine Sekunde und nahm im allerletzten Moment die Ausfahrt "Gremberghoven", noch bevor er Thekla sein Kommen zusagte.

*

Robert war unterdessen auf dem Rückweg aus Much, um den zweiten Inhaber und Herausgeber eines Modemagazins, der auf den Bildern verewigt wurde, zu Hause aufzusuchen. Dieser war sehr kooperativ gewesen, als Robert ihn mit dem Bild konfrontierte, das ihn auf dem Bett der Toten zeigte.

»Hat die Kleine mich doch tatsächlich heimlich fotografiert«, sagte er, als er das Bild sah. »Die will mich wohl mit der Aufnahme irgendwie an sich binden. Wie sind Sie denn an das Bild gekommen? «

»Die Frau kann keinen mehr an sich binden«, sagte Robert kühl, »sie ist tot«.

Herr Klein wurde blass. »Tot? « fragte er, »aber das geht doch nicht, wir haben übermorgen einen mehrtägigen Termin für Dessous Aufnahmen«. Er schaute Robert fassungslos an.

Seine Aussage, er wäre einige Tage im Allgäu in "Hopfen am See", in der Nähe von Füssen gewesen, bestätigte die Rezeptionistin der "Residenz Hopfensee", einem zauberhaft gelegenen Flecken Erde, direkt am Ufer des Sees, herrlich gelegen mit Ausblick auf die österreichischen Alpen. Herr Albert Klein war tatsächlich

in Begleitung eines weiteren Mannes, für den er ein
separates Zimmer gebucht hatte, für vier Nächte dort
abgestiegen.

»Ich bin immer wieder auf der Suche nach herrlichen
Hintergründen für die Fotoshootings, die wir im Rahmen
unserer Wäschepräsentationen« abhalten, meinte er.

Robert wollte Thekla nicht sofort davon unterrichten,
da er wusste, dass sie selber gerade dabei war, einen
anderen Verdächtigen nach dessen Alibi zu befragen.

Als Robert von der B56, von Much kommend in Höhe
Siegburg-Stallberg abbog, um die Zeithstraße hinunter
nach Siegburg zu fahren, freute er sich bereits, einen
kleinen Umweg zu nehmen und seinen Lieblingsimbiss in
Kaldauen anzusteuern. Er wollte es so richtig genießen,
unbeobachtet von Thekla bei "Fritten Paul", eine der
heißbegehrten Currywürste zu essen. Dass er seinen alten
Kumpel Hans dort treffen würde und die beiden auch noch
gemütlich eine Flasche Warsteiner Pils trinken würden,
konnte er zu dem Zeitpunkt nicht wissen, als er den Wagen

zwanzig Meter vom Imbiss entfernt, parkte. Die Vorfreude auf die leckere Sauce, die Paul nach einem gut gehüteten Rezept selber herstellte, ließ ihm das Wasser im Mund zusammenlaufen und sein Smartphone im Auto vergessen. So bekam er nicht mit, dass Thekla ihn verzweifelt, zu erreichen versuchte, während er mit Hans Bier trank.

*

Peter Ludwig raste mit seinem Wagen über die Autobahn und nahm die Ausfahrt Porz-Wahn. Er fuhr viel schneller, als die erlaubten siebzig Stundenkilometer über die mit Bäumen gesäumte Wahner Straße, die in Zündorf endete. Dass sein Navi ständig "Alarm" wegen einer hohen Geschwindigkeitsüberschreitung meldete, interessierte ihn nicht. Schließlich ging es darum, seiner vorgesetzten Kollegin zu Hilfe zu eilen. Am Ende der langgezogenen Chaussee hätte er nach links in die Schmittgasse fahren müssen, so zeigte es der Bildschirm des Navis an, doch es handelte sich um eine Einbahnstraße und so musste er, sehr genervt da er in Zeitdruck war,

einen Schlenker über die parallel verlaufende Hauptstraße
fahren. Endlich an der Adresse angekommen, die Thekla
ihm durchgegeben hatte, sah er auch schon den hellgrünen
Twingo dort stehen, in dem Thekla saß. Obwohl es ihr
Privatwagen war, unternahm sie stets auch ihre
Dienstfahrten mit dem Twingo. Peter hielt mit
quietschenden Reifen, dicht hinter dem Twingo an. Als
Thekla ausstieg, zeigte sie zu dem auffälligen Porsche in
der Einfahrt eines Bungalows.

»Es ist mir schon sicherer, wenn noch jemand dabei
ist«, meinte sie, als sie Peter begrüßte.

»Auf jeden Fall, Eigensicherung ist ein hoher Standard,
den wir in brenzligen Situationen immer einhalten
sollten«.

Beide gingen auf das Haus zu, welches sich von den
hier sonst stehenden Einfamilienhäusern durch eine
gewisse Eleganz, abhob. Noch bevor sie die Türe
erreichten, öffnete sich diese und ein Mann, vermutlich
der Fahrer des Porsches, kam heraus. Er war elegant und

gleichzeitig lässig mit einer Feincordjeans, dazu einem passenden Walbuschhemd sowie einem braunen Lederblouson gekleidet.

»Hallo! « rief Robert und hob eine Hand hoch, »warten Sie mal bitte«.

Der Mann schaute zu den Beiden rüber, doch obwohl er nur wenige Meter entfernt war, ging er weiter und erhöhte sogar die Schrittgeschwindigkeit in Richtung des Porsches.

Thekla, die durch ihre täglichen Fitnessläufe trainiert war, spurtete los und stellte sich zwischen den Mann und die Fahrertüre des luxuriösen Wagens. Sie zog den Dienstausweis aus ihrer Jackentasche und hielt ihn dicht vor sein Gesicht.

»Kriminalpolizei«, sagte sie laut, »haben Sie meinen Kollegen nicht gehört? «

»Worum geht's denn? Ich habe keine Zeit«.

»Sind Sie Herr Timo Klarner? « fragte Thekla, »Inhaber der "Klarner Modewelt", dem bekannten Modemagazin, spezialisiert auf Dessous und Hausmode für die extravagante Damenwelt? «

»Ja, das bin ich, - aber ich habe wirklich keine Zeit. Was ist denn los? Habe ich irgendwo falsch geparkt oder habt Ihr mich mal wieder beim schnellen Fahren erwischt? « Er zwängte sich an Thekla vorbei und wollte die Autotür öffnen, die er bereits mit der Fernbedienung entriegelt hatte.

Peter wurde es zu bunt. Er packte Herrn Klarner an dessen rechter Schulter und zog ihn so kräftig zurück, dass er mit seinem Rücken auf das Dach des niedrigen Wagens gedrückt wurde. Er nahm Thekla das Foto aus der Hand, welches sie in der Wohnung der Toten gefunden hatte auf dem der Name "Timo Klarner" notiert war.

»Hierum geht es! « Peter war wütend geworden, bei so einem uneinsichtigen Verhalten der Polizei gegenüber. Mit der rechten Hand hielt er Herrn Klarner immer noch gegen den Wagen gepresst. Mit der linken Hand hielt er das Bild etwa zehn Zentimeter vor die Augen des Mannes. Dieser schien seine angespannte Haltung aufzugeben, als Peter den Druck gegen die Schulter nachließ. Beide standen sich nun in lockerer Haltung gegenüber. Thekla hatte sich etwa zwei Meter von dem Geschehen entfernt, so wie es in jeder Polizeischule bereits in der Vorbereitung gelehrt wird. So soll das Geschehen abgesichert und ein möglicher Fluchtversuch schneller unterbunden werden.

Herr Klarner schaute Peter Ludwig zuerst in die Augen, dann auf das Foto, das ihm dicht vor die Nase gehalten wurde. Er nahm es in seine rechte Hand, hielt es auf Armlänge von seinem Körper entfernt. Es hatte den Anschein, die gesamte Situation würde sich entspannen, doch Timo Klarner setzte an, davonzulaufen. Dass Peter jedoch die ganze Zeit über mit einem Fluchtverhalten rechnete, wurde dem scheinbar schuldigen Unternehmer zum Verhängnis. Er umklammerte Herrn Klarner von hinten und schmiss ihn auf die Motorhaube des Porsches,

welcher nun Kratzer durch den Reisverschluss des
Lederblousons bekam. Peter packte die Arme des Mannes
auf dessen Rücken und fixierte diese dort mit den
Handschellen, die Peter aus seinem Hosenbund zog.

Thekla kam heran und fragte: »Warum dieser
Fluchtversuch? Was haben Sie zu verbergen? « dabei
schaute sie dem immer noch bäuchlings auf der
Motorhaube liegenden Mann, zufällig in die rechte
aufgesetzte Jackentasche, die durch die Haltung des
Mannes, etwas geöffnet war und somit den Blick ins
Innere freigab. »Was haben wir denn hier? « fragte Thekla,
als sie mit den Fingerspitzen des Daumens und des
Mittelfingers ihrer rechten Hand, an einem dünnen
Drahtseil zog. Sie fischte aus der Jackentasche eine
Drahtschlinge mit Holzbefestigungen, an deren Enden,
heraus. »Eine Garotte, - schau an«!

Peter hatte mit seiner linken Hand einen kleinen
Plastikbeutel, den er zur Sicherung von Beweismaterial
immer in der Innentasche seiner Jacke mit sich trug,

herausgeholt, den Thekla gerne entgegennahm, um das mögliche Tatwerkzeug darin aufzubewahren.

»Das gehört mir nicht, - das muss mir jemand da reingesteckt haben«, presste er hervor.

Die beiden Kriminalkommissare schmunzelten.

»Was glauben Sie wohl, wie oft wir das zu hören bekommen? « machte sich Peter lustig.

»Herr Klarner, ich verhafte Sie, wegen des Verdachts des Mordes an Herrn Erwin Kleinmann und Frau Jacqueline Puroh, mit der eben sichergestellten Drahtschlinge. Außerdem stehen Sie in Verdacht, Frau Sonja Aller mit einer hochdosierten Menge Cracks umgebracht zu haben. Alles was Sie jetzt sagen kann gegen Sie verwendet werden. Sie haben das Recht, einen Anwalt hinzuzuziehen. Haben Sie das verstanden? « fragte Thekla.

»Aber«, stammelte der Festgenommene, »das Teil ist wirklich nicht von mir«.

»Hören Sie mal«, meinte Peter Ludwig, »unsere Leute
von der Kriminaltechnik finden Staubkörner in einem
Hundefell. Glauben Sie mir, die finden auch bestimmt Ihre
DNA und die der Toten auf diesem dünnen Drahtseil«.

Thekla hatte mittlerweile einen Streifenwagen der
nächstgelegenen Polizeidienststelle angefordert, die Herrn
Klarner zum Polizeipräsidium nach Siegburg bringen
sollte. Ebenfalls wurde der Porsche mittels eines
Autotransporters in die KTU nach Siegburg gebracht.

»Bis jetzt ist es nur eine Reihe von Indizien«, meinte
Thekla zu Peter, als sie zu den Autos gingen »aber die sind
so erdrückend, dass die Festnahme gerechtfertigt ist. Alles
weitere entscheidet der Haftrichter«.

*

Robert war so in das Gespräch mit seinem Kumpel
vertieft, dass er gar nicht bemerkte, dass er schon die
zweite Currywurst verspeist und die Flasche Bier
ausgetrunken hatte. »Jetzt wird es aber Zeit für mich«,

sagte er zu Paul, dem Imbissbetreiber, »ich möchte gerne zahlen«. Er suchte das passende Geld aus seinem Portemonnaie, verabschiedete sich von seinem Kumpel, der sich eine zweite Flasche Bier gönnte und ging zu dem Dienstwagen. »Komisch, dass sich Thekla noch nicht gemeldet hat«, dachte er »und fühlte nach seinem Handy in der Jackentasche. »Oh Gott, - mein Handy! Habe ich das etwa verloren? « ging es ihm durch den Kopf. Er schloss den Wagen auf, schaute auf den Beifahrersitz und sah das Smartphone dort liegen. »Danke lieber Gott«, schoss es ihm in den Kopf, »dass Du es dort hingelegt hast«. Er war zwar nicht gläubig, aber trotzdem war der gedachte Gedanke sicherlich nicht verkehrt, denn Thekla hätte ihn bestimmt wieder einmal wegen seiner "Schusseligkeit" ausgeschimpft. Als er aufs Display schaute, las er »vier Anrufe in Abwesenheit, von Thekla«. Wie sollte er ihr das nur klarmachen? Hatte er doch nur seinen Hunger stillen wollen. Er wählte Theklas Nummer und hörte nach dem vierten Klingeln, Theklas Stimme.

"Wo warst Du denn? « waren ihre ersten Worte, »ich hätte Dich dringend gebraucht«.

»Was ist denn los? Ich war nur kurz etwas essen«, entschuldigte sich Robert.

»Kurz? « fragte Thekla, »ich habe Dich vor fast vierzig Minuten angerufen«

»Na ja, - ich hab einen Kumpel getroffen und wir haben uns bei Paul am Imbiss verquatscht«, meinte Robert schuldbewusst. »Was ist denn los? Wo soll ich jetzt hinkommen? «

»Lass mal, jetzt hat mir Peter geholfen. Der hängt nicht andauernd am Imbiss rum. Wir haben den mutmaßlichen Mörder festgenommen«.

Robert wurde neugierig. »Erzähl, - wen habt Ihr wo festgenommen? «

»Komm Du lieber zum Präsidium, wir sind auch gleich da und führen das Verhör mit Timo Klarner durch, dem

Fahrer des Porsches, der dem Mieter in dem Haus aufgefallen war, in dem auch Frau Aller wohnte«.

Robert beendete das Gespräch und startete den Wagen. Er war stinksauer auf sich selbst. Musste er denn auch unbedingt bei Imbiss Paul in Kaldauen vorbeifahren? Thekla hätte ihn dringend gebraucht und er ließ sich Wurst und Bier bei einem gemütlichen Plausch schmecken. Etwa eine viertel Stunde später fuhr Robert in die Tiefgarage des Polizeipräsidiums auf der Frankfurter Straße, in Siegburg. Er sah, wie Thekla und Peter den Festgenommenen gerade aus dem Dienstwagen holten und ihn in die Arrestzelle brachten, die sich ebenfalls hier im Untergeschoss befand. Robert beeilte sich und erreichte die Türe zu dem gesicherten Bereich gleichzeitig mit den anderen.

Thekla drehte sich nach Robert, der in dem Flur zur Arrestzelle hinter ihr herging und sagte: »Du hast eine Fahne, hast Du etwa getrunken? «

Robert flüsterte ihr ins Ohr: »Ein Bier zur Currywurst«.

Thekla kannte Pauls Imbiss und wusste, dass es dort Bier nur in Flaschen gab. Sie flüsterte zu Robert: »Nach einer Flasche Bier fährst Du noch mit dem Dienstwagen? Du bleibst am besten hier im Flur und gehst nicht mit zum Verhör«. Sie ließ Robert einfach stehen und verschwand mit Peter und dem Täter im Verhörraum. Robert hatte nun nur die Chance, dem Verhör vom Nebenraum durch die verspiegelte Scheibe zuzusehen und Dank des Lautsprechers zuzuhören.

*

»Bevor ich mich äußere, will ich auf meinen Anwalt warten«, maulte Herr Klarner, als alle drei an dem Tisch des Raumes Platz genommen hatten.

»Das ist Ihr "gutes Recht"«, meinte Peter, »Sie haben ihn ja gerade angerufen,- also warten wir«.

Thekla jedoch meinte, taktisch sehr klug, »aber glauben Sie uns, - es tut sehr gut, sein Gewissen recht schnell zu erleichtern. Der psychische Druck, dem Sie im Moment unterliegen, kann noch lange andauern. Man weiß ja nicht, wie schnell Ihr Anwalt hier sein kann und womit er sich vorher noch beschäftigen muss«.

Timo Klarner senkte den Kopf leicht schüttelnd und schaute zu Boden. Diesen Moment nutzte Thekla und schaltete das, auf dem Tisch stehende Mikrofon, an. Herr Klarner begann dann mit leiser Stimme, zu erzählen:

»Ich lernte Sonja auf einer Modenschau kennen, auf der sie als Model, die neueste Kollektion eines, mit mir bekannten Modedesigners präsentierte. Vom ersten Augenblick an, faszinierte mich diese Frau. Sie hatte für mich so eine gewisse Aura, - einen Glanz, wie ihn nur ganz wenige Menschen für mich haben. Nach ein paar Glas Champagner auf der After-Fashion-Party, wollte ich sie noch zu mir mitnehmen, doch sie lächelte nur, schien aber dennoch zu flirten. Etwa drei Wochen später sah ich sie wieder. Ein Fotograf hatte sie als Wäschemodel für meine Dessous engagiert. Als ich in meiner Firma sehen wollte, wie meine Wäsche präsentiert wird, sah ich sie.

Sofort war wieder dieser innere Drang, diese schöne Frau haben zu wollen. Nach dem Shooting bat ich sie, in mein Büro und fragte gerade heraus, ob sie nicht Lust hätte, am Abend etwas mit mir Essen zu gehen, - natürlich im feinsten Restaurant Kölns. Doch sie lehnte ab, mit den Worten: »Wenn Du mich haben willst, dann komm zu mir nach Hause, - es wird aber nicht billig«. Ohne zu wissen, was sie damit meinte fuhr ich am Abend, zu der angegebenen Adresse. Sie empfing mich in einem aufregenden Kleid und zeigte mir nach einem Begrüßungstrunk ein, wie sie es nannte, "Spielzimmer". Sofort wuchs meine Begierde nach dieser Frau noch mehr. Ich wollte sie, - möglichst sofort. Sie allerdings lächelte mich an, hielt mir ihren ausgestreckten Arm entgegen und meinte, wenn ich näherkommen wolle, würde das eintausend Euro kosten. Da ich so viel nicht in bar dabeihatte, schickte sie mich zum Geldautomaten auf der Provinzialstraße. Wie im Rausch gefangen, als wäre ich ihr damals schon hörig gewesen, holte ich das Geld und wir verbrachten eine tolle Nacht miteinander.

»Gut, dass Robert nicht mit hier im Raum ist«, dachte Thekla, »er würde nun bestimmt wieder irgendwelche Bemerkungen machen, obwohl ich ihm immer sage, er solle jemanden, der im "Redefluss" ist, nicht unterbrechen«.

Herr Klarner erzählte weiter: »In der Folge war ich, etwa im vierzehntägigen Rhythmus bei ihr. Beim dritten Mal fragte sie mich, ob ich auch eine "Nase" Koks nehmen wolle, sie hätte gerade eine neue Lieferung bekommen. Ich erschrak und fragte, warum sie das mache. Daraufhin sagte sie, sonst könne sie das alles nicht ertragen, da ich nicht der einzige spendable Mann sei, der zu ihr käme. Der Kontakt zu dem Koksdealer sei ihr von ihrer Reinigungsfrau vermittelt worden, der ihr beim nächsten Mal auch einmal Chrystal Meth zum Probieren mitbringen wollte. Entsetzt darüber, wollte ich es ihr ausreden und sie versprach, auf diese Droge zu verzichten, nicht aber auf Koks. Als ich dann vor einigen Tagen, wieder abends zu ihr wollte, stand die Wohnungstüre offen. Ich sah sie auf der Couch zusammengekrümmt liegen. Leider war sie tot. Die Spritze immer noch in der Armbeuge steckend, setzte ich sie etwas ordentlicher hin, denn der Anblick war unerträglich für mich. Ich nahm die Armbinde ab, die sie immer noch am abgebundenen Arm trug und schmiss den Löffel, mit dem sie das Sauzeug vorher verflüssigt hatte, draußen in die Mülltonne. Die Spritze hatte ich in der ganzen Aufregung vergessen, doch als es mir vor der Türe einfiel, war die Wohnungstüre schon zugezogen. Er hörte auf zu reden und schaute Thekla an.

»Das wars? Und die anderen Toten? Und die Garotte? « fragte Thekla.

Er wich Theklas Blick aus und schaute wieder vor sich auf den Tisch.

»Sie hatte mir mal nachts nach einigen Gläschen Champagner erzählt, dass ihr Vater wegen Mordes verurteilt sei. Da ihm jedoch psychisch abnormales Verhalten attestiert wurde, sei er in einer Forensischen Klinik untergebracht worden. Er hätte im Wahn einige Dealer mit einer Drahtschlinge, ich glaube, sie erwähnte auch den Namen "Garotte", ermordet. Zuhause wurde mir allerdings, nachdem ich diese grausame Entdeckung in Sonjas Wohnung gemacht hatte, klar, dass ich Sonja geliebt hatte. Es war eine Art von "abhängiger" Liebe, für die ich jedes Mal zahlen musste, aber dennoch empfand ich es als Liebe«.

»Der ist doch krank der Typ, - der gehört doch in die Klapse«, schimpfte Robert hinter dem verspiegelten Fenster, in Richtung der Streifenpolizistin, die den Festgenommenen nach dem Verhör wieder in die Arrestzelle bringen sollte. Diese zog beide Schultern hoch, machte allerdings keine Bemerkung dazu.

»Jedenfalls besorgte ich mir in der "Szene" so eine Drahtschlinge, ließ mir genau erklären, wie man damit umgeht und zog los. Mit meinem Wagen fuhr ich ein paar

Mal, als es dunkel wurde, hier die Straße auf und ab, bis ich eine dieser "finsteren Gestalten" hier in der Nähe des Hauses sah. Ich sprach ihn an, so, als ob ich ein Konsument sei. Als er mir dann etwas Koks verkauft hatte und sich zum Gehen umdrehte, legte ich ihm die Schlinge um den Hals und zog mit aller Gewalt die Enden der Schlinge auseinander«.

»Und warum Frau Puroh? Sie war doch für Sonja eine große Hilfe«, fragte Thekla.

»Eine Hilfe? « schrie Timo Klarner und sprang von seinem Stuhl auf, wobei er mit beiden Händen auf den Tisch schlug.

Robert sprang sofort auf und wollte Thekla zu Hilfe eilen. Wollte dieser Kranke Kerl nun auch seiner Liebsten etwas antun? Er sah allerdings, dass Peter, der neben Thekla saß, die Sache bereits unter Kontrolle hatte. Auch er war aufgesprungen und hatte Herrn Klarner wieder auf den Stuhl gepresst. Anschließend legte er ihm, sicherheitshalber wieder Handschellen an.

Klarner fuhr fort:»Ohne die Puroh wäre Sonja noch am Leben. Die Putzfrau hat doch den Kontakt mit dem Dealer hergestellt. Wer weiß? – Vielleicht haben die ja sogar zusammengearbeitet?«

Klarner schaute zu der Türe, die gerade hastig geöffnet wurde.

»Winkelkehrer«, sagte ein Mann im grauen Nadelstreifenanzug und mit, nach hinten gekämmten Haaren,»mein Mandant sagt nun gar nichts mehr, ohne dass wir nicht vorher miteinander gesprochen haben. Ist das klar?« und zu Herrn Klarner gerichtet, schob er nach:»Timo, hast Du gehört?«

Thekla lehnte sich in ihren Stuhl zurück und streckte Arme und Beine von sich. Danach setzte sie sich wieder grade hin, schaute Peter Ludwig an und gab ihm ein Zeichen, dass sie sich jetzt erheben könnten. Im Stehen meinte Thekla dann zu dem Rechtsanwalt:»Sie können nun so lange mit Herrn Klarner reden wie Sie wollen, - er hat soeben unter Zeugen, ein vollständiges Geständnis abgelegt«.

*

Nach der abendlichen Fallbesprechung, an der das gesamte Team teilnahm, fuhr Thekla mit Robert nach Hause. Sie überlegte, ob sie sich vom "Thailänder" in Siegburg etwas zu Essen mitnehmen sollte, da sie zu müde war, es dort an Ort und Stelle zu essen. »Du hast bestimmt keinen Hunger mehr, nach zwei Currywürsten? « fragte sie Robert scherzhaft.

Dieser riss die Augen weit auf und meinte: »Das ist doch nicht Dein Ernst? Komm, - zur Feier des abgeschlossenen Falles, lade ich Dich in das Restaurant in Siegburg Stallberg, ein. Da wollten wir doch schon immer mal hin«.

Thekla konnte diesem Blick nicht widerstehen, - dafür liebte sie diesen Mann zu sehr. Sie willigte ein, obwohl sie lieber zu Hause im gemütlichen Jogginganzug gesessen hätte.

ENDE

Leseprobe

Rhein-Sieg-Kreis Krimi

Mord in Rheinbach

Das Burgfräulein

Der dritte Fall von Kommissarin Thekla Sommer

© **Kersten Wächtler**

Erstes Kapitel

Die Kühle der Nacht hatte in der Morgendämmerung leichten Tau auf den Blättern und dem Gras entstehen lassen. Die Kleidung war klamm geworden und dennoch wartete er bereits seit vier Stunden, regungslos auf dem Hochsitz. Dr. Friedhelm Eisenhut, Apotheker aus Rheinbach, hatte dieses Jagdrevier mit seinem Studienfreund, Alois Bayer, seit sieben Jahren gepachtet. Seine Leidenschaft war es, selbst gejagtes und erlegtes Wild von seiner Frau zubereitet, zu verspeisen. Obwohl er sich sicher war, dass man nicht von Jagd sprechen kann, wenn man hinterhältig auf einem Hochsitz wartet und ahnungslose Tiere abknallt, war es für ihn dennoch immer wieder eine Genugtuung, ja fast ein inneres Bedürfnis, Leben zu nehmen.

»Langsam wird es mir aber zu bunt«, dachte er, als er auf die Uhr schaute. Es war Samstagmorgen und er musste schon mittags in seiner Apotheke sein, um den Notdienst zu übernehmen.

Da, - gerade als die Morgendämmerung über der Lichtung hereinbrach, traute sich der Hirsch aus dem schützenden Dickicht heraus. Angespannt und extrem vorsichtig betrat er die kühlende Grasfläche, die mit niedrig wachsendem Gestrüpp umrandet war. Das frisch gewachsene Gras reizte seinen Hunger so sehr, dass er es wagte, den Wald zu verlassen. Genüsslich rupfte er die frischen Grashalme.

Dr. Eisenhut sah ihn. Ehrfurcht überkam den erfahrenen Jäger. Seit mehreren Jahren bereits war er auf der Pirsch nach diesem Tier. Ein Sechzehnender, - das erhabenste Tier in dem gesamten Forstgebiet. Nunmehr endlich schien er am Ziel seiner Träume. Dieser Schuss würde ihm, in den Kreisen seiner Jagdgesellen, einen enormen Respekt verschaffen. Er wagte es kaum zu atmen, als er

seine doppelläufige Flinte, eine Beretta 690 Field III,
hochhob. Auch wagte er es nicht, sich zu bewegen, um auf
dem Hochsitz eine bessere Schussposition einnehmen zu
können. Der Hirsch würde jedes noch so kleine Geräusch
wahrnehmen und sich zurückziehen. Ganz langsam, sich
in hockender Stellung befindend, legte er den
Gewehrschaft an die Schulter. Er befand sich immer noch
in hockender Haltung, aber ein Erheben aus dieser
unbequemen Haltung, war ihm zu riskant. Wann würde
ihm dieses Glück, wie er es empfand, wieder begegnen?
Er zielte durch sein Nachtsichtfernrohr. Da stand er, - in
voller Herrlichkeit, mitten im Fadenkreuz des Todes.
Eisenhut atmete nicht mehr. Er dachte nur noch an die
Sekunde, die ihm ein Kribbeln im Körper verursachen
würde.

In gebückter Haltung kippte er nach vorne, durch den
Einstieg des Hochsitzes nach unten. Noch bevor er den
Waldboden erreichte, war er tot. Der Hirsch hingegen,
aufgeschreckt, war wieder im Dickicht verschwunden.

Der Pfeil einer Armbrust hatte ein Leben ausgelöscht. Anders als Dr. Friedhelm Eisenhut es vorgesehen hatte, war es nicht das, des Sechzehnenders.

*

Sie saßen im Siegburger Kaffeehaus, in der Holzgasse, dem Teil der Fußgängerzone, der vom Marktplatz aus kommend, in der Zeithstrasse endet. Hier hatten sie es sich gegen zehn Uhr, unter den bereits aufgespannten Marquisen, gemütlich gemacht. Noch vor ein paar Jahren, saßen Kommissarin Thekla Sommer und ihr Sohn David öfter hier, um gemeinsam zu frühstücken, bevor er es mit sechzehn Jahren vorzog, bei seinem Vater in Siegburg-Kaldauen zu wohnen. Hier war nämlich die räumliche Nähe zu seiner ersten großen Liebe, Jana Kaminski, der Tochter von Doris Kaminski, der neuen Freundin von Davids Vater, die in der gleichen Straße wohnten wie er, gegeben. Wegen Doris Kaminski hatte Davids Vater vor einiger Zeit Thekla verlassen. Thekla meinte, die neue hätte mehr >Holz vor der Hütte<, als sie und das sei der Trennungsgrund gewesen.

Nun saß Thekla mit ihrem Kollegen Robert Hanf hier. Sie hatte seinem monatelangen werben, heute nachgeben wollen und meinte, ein gemütliches und reichhaltiges Frühstück, hier an diesem Platz, sei die richtige Situation, den ersten Kuss zu forcieren. Nachdem sie beide nach einem Abend mit herrlichem Rotwein und dem Verzehr einer großen Dose Hasch-Kekse, die David in seinem Kleiderschrank versteckt hatte, morgens völlig vernebelt und nackt in Theklas Bett aufgewacht waren. Zuerst hatte sie ihm eine riesige Szene gemacht, er hätte die Situation vollkommen ausgenutzt, vielleicht sogar selber eingefädelt. Nachdem aber festgestellt wurde, dass beide zu bekifft waren, als dass etwas hätte geschehen können, hatten sie sich beide lachend über David gewundert. Seitdem war kaum ein Tag vergangen, an dem Robert nicht mit Komplimenten, auch außerhalb des Dienstes, Theklas Nähe suchte. Dieses werben war Thekla natürlich nicht entgangen und nachdem sie mit Sylvia, ihrer besten Freundin, schon von ABI-Zeiten an, darüber gesprochen hatte, meinte diese,

»Ihr seid doch Beide schon mehrere Jahre alleine. Gerade wegen Eurem beruflichen Engagement, scheitern oft die Beziehungen. Wenn er Dir doch schmeichelt und er seine Augen, vielleicht auch die Hände nicht von Dir lassen kann, - na dann versucht´s doch zusammen. Aus beruflichen Gründen kann die Sache jedenfalls nicht zum Scheitern verurteilt sein.«

Darüber hatte Thekla natürlich nachgedacht und ihr intuitives, wenn es denn da war, immer richtig liegendes, Bauchgefühl befragt. Sie war zu dem Entschluss gekommen, da Robert ja nun wirklich als Mann was hermachte und beide sich auch sympathisch waren, es mit einer ernsteren Beziehung zu versuchen.

Als das >Kaffeehaus Frühstück< von der freundlichen Serviererin gebracht wurde, wurde schnell noch der Nebentisch hinzugestellt. Es wurde sehr reichhaltig aufgedeckt. Neben zwei prallvoll bestückten Brötchenkörben brachte sie zwei Platten mit Wurst und Käse, verschiedene Konfitüren, Frischkäse, Orangensaft und zwei große Becher dampfenden Kaffee. Jetzt wollten es sich die Beiden so richtig schmecken lassen. Nachdem das erste Brötchen verspeist war und beide überlegten, was als nächstes dran war, klingelte Thekla's Telefon.

Robert wollte aus ihrem Gesicht lesen. Erst war es ein erschrecktes Gesicht, dann ein trauriges und schließlich ein enttäuschtes. Als sie dann auch noch sagte, »Ja, der sitzt hier neben mir«, war auch er enttäuscht. Es musste wohl Fred Bollenkamp, ihr Vorgesetzter sein. Thekla drückte die rote Taste ihres neuen Smartphones.

»So ein Mist, ich hatte mir das alles so schön vorgestellt und wollte Dich überraschen, aber jetzt, - komm wir schmieren uns schnell noch ein paar Brötchen für unterwegs und lassen uns eine Tüte geben. Wir haben einen Toten in Meckenheim. Das ist nahe der Grenze zu

Rheinland-Pfalz, aber noch in unserem Kreisgebiet. Also los, - lass uns beeilen.«

Die Bedienung kam heraus und Robert fragte nach zwei Papiertüten für die belegten Brötchen. Die Kellnerin brachte augenblicklich die Tüten und zwei Pappbecher für den Kaffee. Robert zahlte schnell, er hatte sowieso vor, Thekla einzuladen. Er packte die Geldbörse und sein Handy ein und eilte Thekla in Richtung ihres Twingo's hinterher. Außer Puste holte er sie ein.

»Ein Toter kann doch nicht mehr weglaufen«, meinte er, als er eingestiegen war.

Doch Thekla hörte ihn gar nicht. Sie war schon wieder in ihrer vollen polizeilichen Aktivität. Schon von Beginn eines Falles an, schien ihr Gehirn programmiert auf konzentrierte Ablaufplanung. Dafür liebte er sie. Er erschrak, als er diesen Gedanken dachte. »Dafür liebe ich sie so?«. Er schaute sie von der Seite an. Ja, - es war nicht nur ihre sehr schlanke und vollkommen durchtrainierte Figur, die sie dreimal wöchentlich bei Läufen rund um die, am Michaelsberg angelegten Wanderwege, trainierte und stählte, sondern auch ihren klaren Gedankengang bei privaten aber vor allem auch beruflichen Vorkommnissen. Ja, - er könnte sich an den soeben gedachten Gedanken gerne gewöhnen. Irgendwann in nächster Zeit, so überlegte er, wolle er ihr das sagen.

Nach einer Weile sagte sie, »Nein, - nicht weglaufen, - aber die Spuren können verwischt oder verfälscht werden. Ich will vor der Spurensicherung da sein.«

Also hatte sie ihn doch verstanden!

»Was ist denn überhaupt passiert? Ich weiß nur von einem Toten im Kottenforst, am Rande von Meckenheim.«

»Da hat wohl heute Morgen ein Spaziergänger, der mit seiner Deutschen Dogge Gassi ging, einen Toten Jäger an einem Hochsitz gefunden. Der Pfeil einer Armbrust in seiner Brust. Er selber hatte eine >Beretta 690 Field III< bei sich.«

Bisher erschienen in dieser Reihe:

Mord in Siegburg

Der **erste** Fall der Kommissarin Thekla Sommer

Mord in Bornheim

Der **zweite** Fall der Kommissarin Thekla Sommer

Mord in Rheinbach

Der **dritte** Fall der Kommissarin Thekla Somme

Mord in Sankt Augustin

Der **vierte** Fall der Kommissarin Thekla Sommer

Mord im Bonner "Regierungsviertel"

Der **fünfte** Fall der Kommissarin Thekla Sommer

Mord in Siegburg-Zentrum

Der **sechste** Fall der Kommissarin Thekla Sommer

Mord in Wesseling

Der **siebte** Fall der Kommissarin Thekla Sommer

Mord in Hennef

Der **achte** Fall der Kommissarin Thekla Sommer

Mord in Eitorf

Der **neunte** Fall der Kommissarin Thekla Sommer

Mord im Siebengebirge

Der **zehnte** Fall der Kommissarin Thekla Sommer

Morde mit "VX"

> Teil 1/3 Troisdorf <

> Teil 2/3 Remagen <

> Teil 3/3 Heisterbach <

Der **elfte** Fall der Kommissarin Thekla Sommer

Mord in Niederkassel

Der **zwölfte** Fall der Kommissarin Thekla Sommer

Über den Autor:

Geboren 1958, in der Zeit des Wirtschaftswunders, verbrachte er seine Kindheit, mit zwei Schwestern und zwei Halbbrüdern, in Siegburg und dem ländlichen Windeck. Geprägt von dem idyllischen Umfeld, fühlte er sich in der Stadt nie so recht wohl und er suchte sein soziales Umfeld meist in ländlichen Regionen, wie Rheinbach, Meckenheim, Bornheim oder Herchen/Sieg.

Bereits im jungen Erwachsenenalter fing er an, seine Gedanken schweifen zu lassen und niederzuschreiben. Am Anfang war es mal ein Kinderbuch oder philosophische Zeilen. Als zertifizierter Psychologischer Berater folgte ein psychologisch/spirituelles Werk. Seit einiger Zeit entspringen Krimis (aus dem Rhein-Sieg-Kreis) seinen Gedanken und dem Werk seiner Phantasie. Hier legt er aber besonderen Wert auf umfangreiche, historische Recherche hinsichtlich der Schauplätze seiner Handlungen.